VORSICHT, HOCHSPANNUNG!

# Ana-Lauras Tango

Joachim Friedrich

# Ana-Lauras Tango

Thienemann

*Für Ingrid*

## 1. Kapitel

Es war der letzte Schultag vor den Sommerferien, als ich meinen toten Vater in einem Taxi sah.

Wie immer, wenn es Zeugnisse gab, konnten wir nach der zweiten Stunde gehen. Ich war noch durch die Stadt geschlendert. Hätte ich das nicht getan, wäre wahrscheinlich alles anders gekommen. Es war schon fast Mittag, als ich allein nach Hause fuhr. Der Bus ist um diese Zeit fast leer. Ich ergatterte sogar einen Fensterplatz. Ich sah hinaus, döste vor mich hin und grübelte darüber nach, was ich wohl in den Ferien tun würde. Urlaub war nicht angesagt. »Kein Geld«, hatte Mama schlicht und ergreifend gemeint.

An irgendeiner Ampel passierte es dann. Neben uns hielt ein Taxi. Auf dem Hintersitz saß ein Mann, der mir auf den ersten Blick bekannt vorkam, obwohl ich zunächst nur seinen Hinterkopf sah.

An das, was dann geschah, kann ich mich erinnern, als hätte es Stunden gedauert, obwohl höchstens eine oder zwei Minuten vergangen sein konnten. Der Mann in dem Taxi drehte sich um, sodass ich sein Profil sehen konnte. Es war ein Gefühl wie ein Faustschlag in den Magen. In dem Taxi saß Papa! Aber das konnte nicht sein! Papa war seit fast zwei Jahren tot!

Ein Doppelgänger! dachte ich sofort. Es muss ein Doppelgänger sein!

Gleichzeitig konnte ich es nicht glauben. Sicher ist es möglich, dass zwei Menschen sich zum Verwechseln ähnlich sehen, aber genau gleich? Das gleiche Gesicht, die gleichen Haare. Er trug sogar diese Stoppelhaarfrisur.

»Ich habe so viele Haarwirbel«, hatte Papa mir einmal erzählt. »Wenn ich meine Haare länger wachsen ließe, sähe ich aus wie ein aufgerissenes Sofakissen.«

Obwohl das alles mit Papa übereinstimmte, hätte ich möglicherweise immer noch daran gezweifelt, dass es tatsächlich mein Vater war. Ich konnte nur seinen Kopf und seine Schultern sehen. Er hätte immer noch größer oder kleiner, dicker oder dünner als Papa sein können. Doch dann fasste er sich an seine Nasenspitze! Er las etwas, und dabei nahm er seine Nase zwischen Daumen und Zeigefinger und knetete sie einmal kräftig durch. Das dauerte nur Sekunden. Es genügte, um mich davon zu überzeugen, dass es Papa war. Wie oft hatten Mama und ich ihn mit seiner Nasenrubbelei aufgezogen. Er hatte es immer getan, wenn er in Gedanken gewesen war: beim Fernsehen, wenn er mit Kopfhörern in seinem Sessel saß und Musik hörte – und beim Lesen!

Ich sprang auf und hämmerte wie eine Verrückte gegen die Scheibe. »Papa!«, schrie ich. »Papa! Papa!«

Heute weiß ich, dass er mich nicht hören konnte, doch in dem Augenblick war ich nicht mehr zurechnungsfähig. Papa war tot! Alle hatten das gesagt. Nie wieder würden wir ihn wieder sehen. Nie wieder!

Und nun saß er neben mir in einem Taxi und hörte mich

nicht! Ich rannte zur Tür und rüttelte daran. Ich schrie und tobte und heulte. »Aufmachen! Aufmachen! Papa!«

Die Ampel zeigte Grün. Das Taxi fuhr an und bog nach rechts ab. Wir fuhren geradeaus. Ich dachte, ich werde wahnsinnig. Es war ein Wagen der Taxizentrale. Noch während ich weiterschrie, merkte ich mir die Autonummer. Ich weiß nicht, warum. Ich tat es einfach.

»Ruhe dahinten!«, brüllte der Busfahrer durch sein Mikrofon. »Hör auf, meinen Bus zu demolieren! Setz dich auf deinen Platz! Zwischen den Haltestellen werden die Türen nicht geöffnet, zum Donnerwetter!«

Jemand berührte mich vorsichtig an der Schulter. »Mein Gott, Kind! Was ist mit dir?«

Ich drehte mich um. Es war eine ältere Frau.

»Das war mein Vater!«, schrie ich sie an. »Da in dem Taxi!«

»Aber warum regst du dich so darüber auf? Du kannst ihn doch fragen, warum er mit dem Taxi gefahren ist, wenn du nach Hause kommst.«

»Aber mein Vater ist tot! Verstehen Sie? Er ist verunglückt! Wie kann er da mit einem Taxi fahren?«

Die Alte wechselte einen vielsagenden Blick mit einer Frau gleich neben der Tür, die sich erschreckt die Hand vor den Mund hielt. Sie hielten mich für übergeschnappt, klar. Warum sollten sie mir auch glauben? Ich konnte es selbst kaum fassen.

Sie nahm meinen Arm. »Armes Kind. Komm, wir setzen uns.«

Ich gehorchte ihr wie im Traum. Ich hasse dieses »Armes-Kind«-Getue. Damals schon, kurz nachdem es passiert war, konnte ich mich davor nicht retten. Verwandte, Freunde und

Bekannte von Mama und Papa, Leute, die ich kaum kannte, alle kamen sie und sagten: »Armes Kind!«

Ich bin kein armes Kind! Als ich erfuhr, dass Papa verunglückt war, habe ich zuerst überhaupt nicht begriffen, was geschehen war. Nur allmählich wurde es mir klarer. Papa war weg – für immer. Ich weiß nicht, wie viele Kissen ich nassgeheult habe. Irgendwann hörte ich auf, traurig zu sein. Ich gewöhnte mich daran. Ich vergaß ihn nicht. Papa war immer da. Nur eben anders als früher. Und nun das! Als wäre die Zeit zurückgedreht worden.

Die Frauen redeten auf mich ein. Ich weiß nicht, was sie sagten. Wahrscheinlich wollten sie mich trösten. Ich hatte nur einen Gedanken im Kopf: Papa war wieder da! Dabei hätte ich fast meine Haltestelle versäumt.

»Bist du wieder in Ordnung?« hörte ich die alte Frau sagen, als ich aufstand.

»Ja, ja. Danke.«

Irgendwie schaffte ich es, nach Hause zu kommen. Mama war in der Küche. Sie hatte sich freigenommen.

»Der letzte Schultag vor den Ferien muss gefeiert werden«, hatte sie gesagt. »Ich koche dir dein Lieblingsessen. Und dann machen wir es uns gemütlich.«

Noch als ich vor der Haustür stand, hatte ich überlegt, ob ich es ihr erzählen sollte. Das alles war zu verrückt! Mama kam mir zuvor. Als sie mich sah, fiel ihr beinahe der Kochtopfdeckel aus der Hand.

»Um Gottes willen, Ana-Laura! Wie siehst du denn aus? Du bist ja bleich wie die Wand! Was ist los? Irgendwas in der

Schule? Bist du doch sitzen geblieben? Kommst du deshalb so spät?«

»Nein, nein, Mama. Da ist alles in Ordnung. Aber ...«

»Aber was? Nun rede endlich! Was ist passiert?«

»Ich, ich weiß nicht, wie ich es dir sagen soll.«

»Ist da etwas mit einem Jungen? Ana-Laura! Du bist doch nicht etwa ...«

»Ach, Quatsch! Mama!«

»Ist ja schon gut. Aber schließlich wärst du nicht die erste, die in deinem Alter schwanger wird.«

So hatte das keinen Sinn. Ich musste es ihr sagen. Sofort!

»Es ist wegen Papa.«

»Papa? Warst du auf dem Friedhof? Ist etwas mit dem Grab nicht in Ordnung?«

»Ich habe ihn gesehen, Mama.«

»Wen hast du gesehen?«

»Papa. Er saß in einem Taxi. Er war es, Mama. Ganz bestimmt! Er war es!«

Ich hatte versucht, mir vorzustellen, wie Mama reagieren würde, wenn ich es ihr erzählte. Würde sie mich anschreien oder weinen oder vielleicht sogar lachen? Nichts davon war richtig. Sie reagierte überhaupt nicht. In ihrem Gesicht war nicht die kleinste Regung zu sehen. Nur ihre Augen schienen plötzlich dunkler geworden zu sein. Sie nahm ihre Schürze ab und setzte sich. Das hieß, dass sie mit mir reden wollte. Mir wurde heiß.

»Darf ich mir erst meine Jacke ausziehen?«

»Sicher.«

Ich warf sie über eine Stuhllehne. Mama meckerte nicht darüber wie sonst immer.

»Gut, Ana-Laura. Jetzt lass uns in Ruhe darüber sprechen. Wen oder was hast du gesehen?«

»Mama, ich weiß, dass es total irrsinnig klingt. Aber es war Papa! Ich habe ihn vom Bus aus gesehen. Er saß in einem Taxi. Ich konnte es zuerst selbst nicht glauben. Aber es stimmte alles. Sogar die Frisur! Und dann hat er seine Nase gerubbelt. Genauso wie er es immer gemacht hat. Glaub mir, Mama! Bitte!«

Mama rückte mit ihrem Stuhl ein Stück näher an mich heran. Ich sah, wie sie nach Worten suchte. »Schätzchen, sieh mal, du musst verstehen, dass es mir wirklich sehr schwerfällt, das zu glauben. Kannst du dich nicht geirrt haben? Vielleicht hast du nur jemanden gesehen, der Papa ähnlich sieht. Und da hat dir deine Fantasie einen Streich gespielt.«

»Nein!«, schrie ich sie an. »Es stimmte alles! Sogar die Frisur!«

Mama schluckte. Sie wusste genau, was das bedeutete. Eine Frisur, wie Papa sie hatte, gibt es kein zweites Mal.

»Ach, Ana-Laura. Ich verstehe ja, wie sehr du Papa vermisst.«

»Dafür hast du dich umso schneller daran gewöhnt.«

Ich wusste, dass ich Mama damit unrecht tat. Aber ich wollte ihr wehtun. Warum glaubte sie mir nicht? Wenn nicht sie, wer dann? Mama ließ meine Hand los. »Aha! Das ist es also. Ich habe es doch geahnt! Es ist wegen Peter!«

»Das stimmt nicht! Wirklich nicht!«

»Doch, Ana-Laura! Meinst du, ich weiß nicht, dass es schwer für dich ist? Aber dann sag es mir offen ins Gesicht. Solche Spielchen haben wir beide nicht nötig.«

»Spielchen? Glaubst du etwa, dass ich – gelogen habe?«

»Ich weiß nicht mehr, was ich glauben soll.«

»Du bist gemein!« Ich fühlte, wie die Wuttränen in mir hochstiegen. Ich kämpfte dagegen an. Heulen hätte alles nur noch schlimmer gemacht. »Du weißt ganz genau, dass ich nichts dagegen habe!«, schrie ich meine Mutter an. »Es ist mir total egal, ob du deinen neuen Typen mit nach Hause bringst!«

Das stimmte zwar nicht so ganz, aber zu denken, dass ich mir etwas ausdachte, nur um diesen Peter nicht zu sehen, war wirklich das Letzte. Irgendwie war ich sogar gespannt auf ihn. Noch neugieriger war ich allerdings auf seinen Sohn. Ein Jahr älter als ich wäre er, hatte Mama erzählt. Da konnte man ja nur gespannt sein. Warum sollte Mama keinen neuen Freund haben? Schließlich waren seit dem Brand, bei dem Papa umgekommen war, schon zwei Jahre vergangen. Aber wenn Papa tatsächlich noch lebte? Musste Mama dann mit ihrem Freund Schluss machen? Ich wollte nicht weiter darüber nachdenken.

»Tut mir leid, Ana-Laura«, hörte ich Mama sagen. »Die Nerven sind mit mir durchgegangen. Aber das ist ja auch kein Wunder, wenn du mir solche Sachen erzählst.«

»Verstehe ich ja. Nur gelogen habe ich nicht!«

»Du weißt doch so gut wie ich, dass Papa verunglückt ist.«

»Natürlich weiß ich das! Ich dachte nur, dass man ihn nie – du hast doch selbst gesagt, dass er nicht mehr zu erkennen war. Da könnte es doch sein, dass er noch lebt.«

»Und wenn es so wäre?«, schrie nun Mama mich an. »Warum hat er sich dann nicht bei uns gemeldet? Warum hat uns niemand angerufen und gesagt, dass er noch lebt? Und warum erst jetzt? Nach zwei Jahren?«

»Weiß nicht.«

Mama nahm wieder meine Hand. »Liebes! Auch wenn es noch so schlimm ist, müssen wir uns damit abfinden, dass er nicht mehr da ist.«

Ich nickte.

»Also lass uns nicht mehr darüber reden, was oder wen du gesehen hast. Ich ertrage das nicht.«

Ich sagte nichts.

»Einverstanden, Ana-Laura?«

»Einverstanden.«

»Gut. Dann mache ich jetzt weiter. Sonst wird unser Essen nie fertig. Schließlich wollen wir doch deine Versetzung feiern. Übrigens, was ist eigentlich mit deinem Zeugnis?«

Mama und ich sprachen tatsächlich nicht mehr über den Mann im Taxi, nicht an dem Tag und nicht am Tag darauf. Doch dann kam der Sonntag.

## 2. Kapitel

Mama flippt schon aus, wenn normaler Besuch angesagt ist. Das war aber noch nichts gegen den Wirbel, den sie an diesem Sonntag veranstaltete. Ihr neuer Freund sollte zum ersten Mal zu uns kommen. Die ganze Wohnung wurde auf den Kopf gestellt. Ich musste natürlich helfen.

Mama und er arbeiten in derselben Firma. Sie hatten sich auf einem Fest kennengelernt. Er ist auch Witwer, nur dass seine Frau schon viel länger tot ist als Papa. Und er hat einen Sohn! Ich weiß nicht, wer aufgeregter war, Mama oder ich.

Gerade, als ich meine Stofftiere im Schrank verschwinden ließ, läutete es an der Haustür. Kurz darauf waren Stimmen zu hören. Eine Minute später Mamas unverwechselbarer Lockruf: »A-na-Lau-ra!«

Noch einen Blick in den Spiegel, und es ging in die Schlacht. Zuerst sah ich Peter. Er strahlte mich mit ausgestreckter Hand an. Er gefiel mir. Ich wusste auch schnell, warum. Er hat Ähnlichkeit mit Papa. Natürlich nicht so viel wie der Mann in dem Taxi, aber der gleiche Typ war er schon. Immerhin war es nicht ungewöhnlich, dass Mama sich in jemanden verknallt hatte, der Papa ähnlich war. Außerdem war er älter als Mama, genau wie Papa.

Ich hatte mir vorgenommen, total cool zu bleiben. Daraus

wurde nichts. Ich stotterte wie eine Dreijährige am ersten Tag im Kindergarten. »Guten Abend, Herr – äh – wie heißt denn der eigentlich, Mama?«

»Ana-Laura! Bitte!«

Peter lachte laut auf. Auch das gefiel mir, obwohl ich merkte, dass ich rot anlief.

»Sag einfach Peter. Okay?«

Ich nickte. Ich muss ausgesehen haben wie eine schwachsinnige Tomate.

»Und das ist Oliver.«

Er stand neben seinem Vater. Arme, die fast bis an die Knie reichten, und Pickel, wohin man sah. Eine Kreuzung aus E.T. und einem Streuselkuchen.

»Hallo!« kiekste er.

Stimmbruch. Auch das noch, dachte ich. Er strahlte mich an. Das gleiche Lachen wie sein Vater. Vielleicht wurde es ja doch nicht so schlimm. Aber als fester Freund oder etwas in der Richtung fiel er aus. Mit dem konnte ich mich vor denen aus meiner Klasse nicht sehen lassen.

»Hallo«, grüßte ich zurück. Sehr intelligent. Wenn mein Lächeln tatsächlich so blöde ausgesehen hat, wie es mir in dem Augenblick schien, dachte er wahrscheinlich, dass er mit mir Blinde Kuh oder Topfschlagen spielen müsste.

Während des Abendessens versuchte ich, mich in etwas besserem Licht zu zeigen. Ich redete und redete. Dabei war ich ziemlich cool. Jedenfalls versuchte ich es.

Oliver erzählte fast gar nichts, er hörte mir zu. Das fand ich gut. Als er dann doch einmal den Mund aufmachte, trat er gleich voll ins Fettnäpfchen.

»Ist das dein Vater?«, fragte er und zeigte auf ein Bild von Papa, das auf der Kommode stand. Mama hat es stehen lassen. Warum auch nicht? Schließlich muss sie sich seinetwegen nicht schämen.

Peter ging hoch wie eine Rakete. »Oliver! Wie kannst du ...«

»Lass ihn doch. Warum soll er nicht fragen?« unterbrach Mama ihn. »Ja, Oliver, das ist mein Mann. Er ist vor zwei Jahren bei einem Feuer ums Leben gekommen.«

»Sie haben jemanden in seinem Zimmer gefunden, der verbrannt war«, verbesserte ich sie. Ich konnte nicht anders.

Sie verstand mich auch gleich richtig. »Hatten wir nicht eine Vereinbarung getroffen, Ana-Laura?«

»Ja, Mama. 'tschuldigung.«

»Was ist denn los?«, wollte Peter wissen.

»Ach nichts. Nicht so wichtig.«

Ich hoffte sehr, dass sie das nur gesagt hatte, um ihn nicht noch neugieriger zu machen. Er gab sich auch damit zufrieden. Wahrscheinlich spürte er, dass Mama nicht darüber reden wollte.

»Wollt ihr nicht auf dein Zimmer gehen?«, fragte sie mich. Übersetzt heißt das: »Könnt ihr nicht endlich verschwinden und uns in Ruhe lassen?«

Wir räumten widerstandslos das Feld. Für mich war das kein Problem. Ich wollte Olivers Musikgeschmack testen. Ich kam aber noch nicht einmal dazu, eine einzige Platte aufzulegen. Er traf gleich ins Schwarze, kaum dass wir in meinem Zimmer waren.

»Das mit deinem Vater tut mir leid. Ich meine, dass ich so blöde gefragt habe.«

»War gar nicht so blöde, fand ich. Schließlich musst du wissen, mit wem meine Mutter einmal verheiratet war. Wer weiß, was aus ihr und deinem Vater noch wird.«

»Meinst du, dass sie – ich meine, ob sie vielleicht irgendwann heiraten oder so? Dann wären wir ja Geschwister, sozusagen.«

»Wäre das schlimm?«

Toll! Ich hatte es geschafft, dass Oliver eine gesunde Gesichtsfarbe bekam. Ich fühlte mich etwas wohler, wenn ich an meine missglückte Begrüßung dachte.

»Nee, natürlich wäre das nicht schlimm. Ganz im Gegenteil.«

Mist! Nun wurde ich wieder rot.

Zum Glück wechselte er das Thema. »Was meinte deine Mutter eigentlich damit, als sie sagte, dass ihr eine Vereinbarung habt? Hat das etwas mit uns zu tun?«

»Mit euch? Nein. – Das heißt, eigentlich doch. Aber nur indirekt.«

»Indirekt? Was heißt das? Kapiere ich nicht.«

Ich überlegte einen Augenblick, ob ich ihm von meiner Begegnung mit Papa erzählen sollte. Oliver war neutral, was Papa betraf. Vielleicht glaubte er mir eher als meine Mutter. Also erzählte ich ihm die Geschichte.

»Und die Vereinbarung, von der deine Mutter gesprochen hat, war, dass ihr nicht mehr darüber redet?«, fragte er mich, als ich fertig war.

»Ja. Irgendwie kann ich es ja auch verstehen. Trotzdem finde ich es nicht gut.«

Oliver fummelte an einem Pickel auf seiner Nase herum. Das

sah unmöglich aus! Wenn wir uns öfter sehen sollten, musste er sich das abgewöhnen.

»Na ja, ehrlich gesagt, etwas seltsam hört sich deine Geschichte schon an.«

»Seltsam?« rief ich. »Glaubst du mir etwa auch nicht?«

»Nun reg dich nicht gleich künstlich auf! Was würdest du denn sagen, wenn dir jemand erzählte, er hätte einen Toten quicklebendig in einem Taxi gesehen?«

»Ich würde ihn für bescheuert halten«, gab ich zu.

»Eben.«

»Wie?«

»Nein, nein! Reg dich nicht schon wieder auf! Ich halte dich nicht für bescheuert. Ich versuche nur, das ganze irgendwie auf die Reihe zu bekommen.«

»Was soll das denn nun schon wieder heißen?«

»Das heißt, dass es irgendeine Erklärung dafür geben muss.«

Ich stand auf und sah aus dem Fenster. »Was glaubst du wohl, worüber ich mir in den letzten Tagen den Kopf zerbrochen habe?«, fragte ich die Fensterscheibe.

»Und?«

Ich zuckte mit den Schultern. »Ich weiß nicht.« Ich drehte mich wieder zu Oliver um. Er bearbeitete gerade einen Pickel auf seinem Kinn.

»Musst du ständig in deinem Gesicht herumfummeln?«, fuhr ich ihn an.

Er zuckte zusammen und steckte seine Hand in die Hosentasche. »Das mache ich immer, wenn ich nachdenke.«

»Und was ist dabei herausgekommen? Bei deinem Nachdenken, meine ich.«

»Wenn es keine Geister gibt, kommen eigentlich nur zwei Möglichkeiten in Frage. Entweder es war ein Doppelgänger, oder dein Vater ist gar nicht tot.«

»Das war kein Doppelgänger!« rief ich.

»Warum bist du so sicher?«

»Du hast doch das Foto von ihm gesehen, oder?«

»Ja. Und?«

»Kannst du dir vorstellen, dass es noch jemanden gibt, der so eine seltsame Frisur hat?«

»Weiß nicht. Ungewöhnlich ist sie schon. Stimmt.«

»Das ist aber noch nicht alles. Er hat beim Lesen seine Nase zwischen Daumen und Zeigefinger gerieben.«

Oliver sah mich an, als wäre ich nicht ganz richtig im Kopf.

»Das hat mein Vater auch immer gemacht, wenn er gelesen hat.«

»Dann ist dein Vater auch nicht tot«, meinte Oliver, als wäre es das Selbstverständlichste auf der Welt.

»Aber das ist auch nicht möglich!« rief ich wieder. Ich würde noch meinen Verstand verlieren, wenn das so weiterginge. Je mehr ich mich aufregte, desto ruhiger wurde Oliver. »Wie ist es denn eigentlich passiert. Deine Mutter hat gesagt, es wäre ein Feuer gewesen?«

Immer, wenn ich darüber reden sollte, war alles wieder da. Als wären nicht zwei Jahre, sondern nur ein paar Tage vergangen.

»Oder willst du es mir nicht erzählen?«, fragte Oliver, als hätte er meine Gedanken erraten.

»Ich will schon, aber ...«

»Ist nicht leicht, oder?«

Ich nickte. »Er ist nie so richtig gefunden worden, weißt du«, begann ich dann doch. »Ich meine, seine …«

»Wieso nicht richtig gefunden? Was heißt das?«

»Es ist in Südamerika passiert, genauer gesagt, in Argentinien, in Buenos Aires. Er hat da in einem kleinen Hotel gewohnt. Eines Nachts ist dort ein Feuer ausgebrochen. Und dabei ist es dann passiert.«

»Feuer? In seinem Hotelzimmer?«

»Ja. Die Feuerwehrleute oder Polizisten, oder wer das da in Argentinien untersucht hat, meinten, dass er sich eine Zigarette angesteckt hätte und dann eingeschlafen wäre. Mama hat sich damals sofort das Rauchen abgewöhnt.«

»Und dein Vater – ich meine, lag er in seinem Bett?«

»Nein, er saß im Sessel.«

»Warum hast du denn dann gesagt, dass sie ihn nicht gefunden haben.«

»Nicht richtig, habe ich gesagt.« Ich musste mich zwingen weiterzureden. »Sein Zimmer muss ziemlich schlimm gebrannt haben. – Mama wollte ihn sehen, als sie ihn nach Deutschland gebracht hatten. Aber sie haben sie nicht gelassen. Das hätte keinen Sinn, haben sie gesagt.«

»Du meinst, dass man nicht mehr erkennen konnte, ob es überhaupt dein Vater war?«

Ich nickte. »Das haben sie jedenfalls gesagt.«

»Dann ist es ja auch gar nicht sicher, ob es überhaupt dein Vater war!« rief Oliver.

»Eben! Das sage ich doch! Obwohl – die Polizei hat es behauptet. Sie haben alles genau untersucht. Fingerabdrücke oder was weiß ich.«

»Die können sich auch mal irren«, meinte Oliver leichthin.

»Das habe ich auch schon gedacht. Aber Mama ist sicher, dass sie recht haben. Warum weiß ich auch nicht.«

»Warum ist dein Vater eigentlich in Südamerika gewesen?«

»Da war er öfter. Die Firma, für die er arbeitete, hatte viel in Südamerika zu tun. Trotzdem gibt es da eine Sache, die irgendwie seltsam ist.«

Oliver griff an sein Kinn. »Was denn?«

»Mein Vater hat normalerweise nicht in dem Hotel gewohnt.«

»In einem anderen?«

»Nein, das ist es nicht. Seine Firma hatte in Buenos Aires ein paar Appartements gemietet. Da haben Papa und seine Kollegen immer gewohnt, wenn sie in Argentinien waren.«

»Vielleicht waren ihm die Appartements zu weit weg von seiner Arbeit.«

Ich schüttelte den Kopf. »Nein, nein. Es war genau umgekehrt. Die Appartements lagen mitten in der Stadt, dort, wo er auch gearbeitet hat. Und dieses Hotel war in irgendeinem Vorort. Später hat einer seiner Kollegen erzählt, dass er dort war, weil er sich mit einem Mann treffen wollte, der der Firma, in der mein Vater arbeitete, einen Auftrag geben wollte. Dieser Mann ist aber später nicht mehr aufgetaucht. Bis heute weiß niemand, wer er war.«

»Vielleicht sind ihm seine Papiere gestohlen worden. Und nicht er, sondern der Dieb war in diesem Hotel.«

»Selbst wenn das stimmen sollte, warum hat er sich nicht bei uns gemeldet? Warum fährt er mit einem Taxi hier in der Stadt herum, anstatt zu uns zu kommen?«

»Gedächtnisschwund?« So wie Oliver das fragte, glaubte er selbst nicht daran. Er wartete meine Antwort erst gar nicht ab. »Was willst du denn jetzt machen?«, fragte er stattdessen.

»Ich muss herausfinden, was dahintersteckt. Dieses Herumrätseln macht mich wahnsinnig!«

Oliver lief nervös im Zimmer herum und bearbeitete abwechselnd sein Kinn und seine Stirn.

»Hast du was?«, fragte ich ihn nach einer Weile.

»Ja. Ich meine, jetzt hast du mir doch schon alles erzählt. Da könnte ich doch – mithelfen.«

Ich wunderte mich, dass ich gar nicht lange nachdenken musste, bevor ich antwortete. »Warum nicht. Ich weiß sowieso nicht, ob ich das alles allein schaffe.«

Darauf hatte er gewartet. »Wo fangen wir an?«

»Beim Taxi. Das ist bis jetzt mein einziger Hinweis. Es war ein Wagen der Taxizentrale. Und ich habe mir die Autonummer gemerkt. Vielleicht kann der Fahrer sich an ihn erinnern. Mein Vater sieht ja nicht gerade alltäglich aus.«

Dafür, dass sie ein ausgesprochener Morgenmuffel ist, war Mama beim Frühstück erstaunlich gut gelaunt. Sie goss mir sogar Kakao ein.

»Schön, dass du so früh aufgestanden bist. Wenn du Ferien hast, sehen wir uns noch seltener als sonst.«

»Ich habe viel zu tun heute.«

Mama sah mich erstaunt an. »So? Was denn?«

»Ach, eigentlich nichts Wichtiges. Ich treffe mich mit Oliver.«

Mamas Grinsen reichte von einem Ohrläppchen bis zum anderen. »Aha.«

»Was heißt hier aha? Es ist überhaupt nicht so, wie du denkst.«

»Was denke ich denn?«

Ich sagte nichts mehr. Mit meiner Mutter lasse ich mich auf solche Diskussionen nicht ein.

Es war nicht zu glauben! Mamas Grinsen wurde noch breiter. »Du brauchst dich doch nicht zu schämen, Ana-Laura. Dass ihr euch gestern gut verstanden habt, war ja nicht zu übersehen. Und das ist ja auch völlig in Ordnung so. Niemand freut sich darüber mehr als Peter und ich.«

Wenn sie gewusst hätte, was wir vorhatten, wäre es mit der Freude schnell vorbei gewesen. Natürlich ließ ich sie in ihrem Glauben. Gleich nach dem Frühstück machte sich Mama auf den Weg zur Arbeit. Oliver und ich hatten uns in der Stadt verabredet.

Er wartete schon auf mich.

»Bist du schon lange da?« begrüßte ich ihn.

»Nee. Gerade erst gekommen. Hast du dir überlegt, was wir machen?«

»Ja. Als erstes gehe ich zur Taxizentrale.«

»Wolltest du nicht anrufen?«

»Am Telefon sagen die mir bestimmt nichts.«

»Und du willst da so einfach hingehen und sie fragen? Meinst du, die sagen dir dann mehr?«

»Weiß ich nicht. Aber wenn wir nicht hingehen, werden wir nie etwas herausfinden. Was soll die Frage? Ich denke, du willst mir helfen?«

Oliver sagte nichts mehr. Und das war wahrscheinlich auch besser so.

Die Adresse der Taxizentrale hatte ich mir zu Hause aus dem Telefonbuch herausgesucht. Sie lag ziemlich weit außerhalb. Wir mussten fast eine halbe Stunde mit dem Bus fahren. Als wir endlich eintrafen, wartete die erste Enttäuschung auf uns.

»Wie war das Kennzeichen?«, fragte die Frau in dem kleinen Büro.

Ich sagte es ihr. Sie griff nach einem dicken Ringbuch und sah hinein. »Nein«, meinte sie, nachdem sie eine Weile darin herumgeblättert hatte. »Das Fahrzeug ist nicht hier.«

Das fing ja gut an! Sollte schon alles wieder vorbei sein, kaum dass wir begonnen hatten?

Zum Glück hatte Oliver bessere Nerven. »Wo ist es denn?«, fragte er die Frau, die immer noch das aufgeklappte Ringbuch auf ihrem Schoß liegen hatte.

»Unterwegs. Aber nicht mehr lange. Der Fahrer müsste gleich kommen. Er hat in einer halben Stunde Feierabend. Danach übernimmt es ein anderer Fahrer.«

»Übernimmt? Gibt es denn mehrere?«

»Sicher. Die Fahrer sind hier nur angestellt. Ihnen gehören die Autos nicht. Sucht ihr denn einen bestimmten?«

»Den, der am letzten Mittwoch Dienst hatte. Mittags.«

»Am letzten Mittwoch? Wartet mal.« Wieder musste das Ringbuch herhalten. »Herr Stegmüller. Der hat heute Spätdienst. Wahrscheinlich ist er schon hier. Er müsste im Pausenraum sein. Was wollt ihr eigentlich von ihm?«

Oliver suchte an seinem Hals nach einem Pickel. »Wir – äh.«

»Privat«, sagte ich nur und zog Oliver aus dem Büro.

»Was willst du ihn eigentlich fragen?«, wollte Oliver wissen, während wir nach dem Pausenraum suchten.

»Ich habe mir schon etwas überlegt. Hoffentlich glaubt er es.«

Der Pausenraum war klein und völlig überfüllt. »Ist Herr Stegmüller hier?« rief ich durch den dicken Tabaknebel. Das laute Schwatzen brach sofort ab. Die Männer sahen uns an. Einige grinsten. Das war sehr unangenehm.

»Sind das deine, Gerd?« feixte ein Typ mit einem riesigen Bauch. Ich wäre am liebsten fortgelaufen.

Plötzlich stand ein älterer Mann direkt vor mir. »Mein Name ist Stegmüller. Was wollt ihr denn von mir?«

»Kann ich Ihnen das draußen sagen?«

Ich war heilfroh, als wir wieder vor dem Pausenraum standen und Herr Stegmüller die Tür hinter sich geschlossen hatte.

»Also, was gibt's?«

»Es geht um meinen Vater«, begann ich. So hatte ich wenigstens noch nicht gelogen.

»Was habe ich mit deinem Vater zu tun?«

»Sie haben ihn am letzten Mittwoch gefahren.«

»Und?«

»Er hat nämlich seine Brieftasche verloren. Und ich wollte sie fragen, ob sie sie gefunden haben.«

Herr Stegmüller sah mich skeptisch an. Ich dachte, er müsse mir an der Nasenspitze ansehen, dass ich log. »Und dein Vater hat dich hierher geschickt? Warum kommt er denn nicht selber?«

»Das geht nicht, weil er nämlich auf einer Dienstreise ist. Er hat uns angerufen und gesagt, dass er die Brieftasche dringend braucht. Wir sollen sie ihm so schnell wie möglich schicken. Und weil meine Mutter arbeiten muss, bin ich gekommen.«

»So, so. Tja, das tut mir leid. Ich habe keine Brieftasche gefunden.«

»Bestimmt nicht?«

»Bestimmt nicht. Ist er denn sicher, dass er mit mir gefahren ist?«

»Ja, er hat sich zufällig die Taxinummer gemerkt. Und die Frau im Büro hat gesagt, dass Sie am letzten Mittwoch mittag Dienst hatten. Bestimmt können Sie sich an meinen Vater erinnern!« Ich kramte nach Papas Foto.

»Liebes Kind! Weißt du, wie viele Gäste ich an jedem Tag fahre? Wenn ich mich da an jeden erinnern sollte ...«

Ich hielt ihm das Foto hin. Er sah es sich an und überlegte.

»Am letzten Mittwoch, sagst du?«

»Ja, gegen ein Uhr.«

Er betrachtete sich noch einmal das Foto. »Ja, richtig! Jetzt kann ich mich erinnern!« rief er plötzlich. »Er war so seltsam nervös.«

»Wie nervös?«, fragte Oliver.

»Na, nervös eben. Aufgeregt. Wenn man so lange Taxi fährt wie ich, mein Junge, weiß man eine Menge über seine Gäste. Und dieser Mann war sehr nervös. Darum kann ich mich auch so gut an ihn erinnern. Vielleicht hat er ja deshalb seine Brieftasche verloren. Aber nicht in meinem Auto. Das muss woanders passiert sein.«

»Wohin haben Sie ihn denn gefahren? Vielleicht hat er sie dort verloren.«

Herr Stegmüller kratzte sich an seinem Kopf. »Warte mal. Wohin war das noch? Ich habe es gleich. – Ja, richtig! Zur Ente habe ich ihn gefahren. Dieses teure Restaurant am Theater. Fragt doch dort mal nach. Vielleicht habt ihr mehr Glück.«

Das war es, was ich wissen wollte! Wir bedankten uns und gingen schnell, bevor er vielleicht doch noch misstrauisch wurde.

Als wir auf der Straße standen, lehnte ich mich gegen eine Wand. Ich musste verschnaufen. Mein Herz klopfte mir bis zum Hals. Es war also kein Hirngespinst! Manchmal hatte ich doch Angst gehabt, dass ich mich getäuscht haben könnte. Doch nun war ich sicher. Der Taxifahrer hatte Papa auf dem Foto erkannt!

»Na, glaubst du mir jetzt?«, fragte ich Oliver.

»Sicher. Das habe ich vorher doch auch schon getan.«

»Sicher?«

»Wäre ich sonst hier?«

»Ich weiß nicht.« Dabei konnte ich mir ein Lächeln nicht verkneifen.

»Das ist ein ziemlich teures Restaurant, oder?«, fragte mich Oliver auf dem Weg zur Bushaltestelle. »Hat dein Vater früher auch da gegessen?«

»Ich glaube nicht. Jedenfalls nicht mit mir. Aber das will nicht viel heißen. Viel wichtiger ist, was er in der letzten Woche da gemacht hat.«

»Also gehen wir hin?«, fragte Oliver.

Auf die Frage musste ich ihm nicht antworten. Wir warteten schweigend auf den Bus. Mir ging nicht mehr aus dem Kopf, was der Taxifahrer uns erzählt hatte. Warum war Papa, oder wer immer es war, nervös gewesen? Ob es etwas mit uns zu tun hatte? Vielleicht hatte Oliver ja doch recht damit, dass er sein Gedächtnis verloren hatte, und er versuchte gerade, sich daran zu erinnern, wer er war. Ach, Quatsch! So etwas passierte im Kino und nicht in Wirklichkeit. Aber was war dann der Grund? Ich musste herausfinden, was es mit dem Mann im Taxi auf sich hatte. Ich musste einfach!

Von innen sah das Restaurant noch vornehmer aus als von außen. Wir waren kaum durch die Tür, fing uns schon ein Kellner ab.

Es war ein älterer Mann, der in jedem Film als englischer Butler hätte auftreten können.

»Könnten Sie uns bitte sagen, ob dieser Mann am letzten Mittwoch hier war?«, fragte ich gleich und hielt ihm Papas Foto hin.

Doch er beachtete das Bild nicht, sondern schielte über die Schulter, als wäre es ihm peinlich, mit uns gesehen zu werden.

»War er hier?«, fragte Oliver noch einmal.

»Das kann ich euch nicht sagen. Ihr solltet jetzt gehen. Ihr stört unsere Gäste.«

»Wir gehen ja auch gleich wieder!« rief ich. »Wir möchten doch nur wissen ...«

Der Ober sah mich verärgert an. »Leise bitte! Ich sage es euch noch einmal: Ich spreche nicht über unsere Gäste. Und nun geht bitte.«

Aus! Das war's. Ich würde nie erfahren, ob der Mann im Taxi mein Vater gewesen war. Die Wut und die Enttäuschung, vor denen ich mich schon gefürchtet hatte, stiegen in mir hoch. Ich kämpfte dagegen an, doch die Tränen waren stärker. Ehe ich mich versah, fühlte ich, dass sie über mein Gesicht liefen.

Der Ober sah es und erschrak. »Meine Güte, Kind! So ernst ist es dir?«

Seine besorgte Stimme machte es nur noch schlimmer. Ich heulte, ohne zu wissen, warum.

»Es geht um ihren Vater«, sagte Oliver leise.

Der Ober sah sich um, als wollte er sich vergewissern, dass uns niemand beobachtete. Dann schob er uns behutsam durch eine Tür in einen kleinen Nebenraum.

»So, nun zeigt mir noch einmal das Foto. Vielleicht kann ich euch ja helfen, ohne indiskret zu werden.«

Stumm hielt ich ihm das Foto hin und wischte mir mit der anderen Hand die Tränen aus dem Gesicht.

Er nahm das Foto und sah es sich mit gerunzelter Stirn an. »Ja, an den Herrn kann ich mich tatsächlich erinnern. Er war am letzten Mittwoch da. Er und ein anderer Herr.«

Im gleichen Augenblick waren die Tränen vergessen. »Sie waren zu zweit?«

»Ja.«

»Sind sie denn öfter hier?«

»Nein. Jedenfalls habe ich sie hier zum ersten Mal gesehen.«

»Ist Ihnen denn etwas an den Männern aufgefallen?«, wollte Oliver wissen.

»Was ich bemerkt habe, war, dass der Herr auf dem Foto sehr aufgeregt war, als hätte er etwas Außergewöhnliches erlebt. Zumindest hat er heftig auf seinen Begleiter eingeredet.«

»Können Sie sich denn noch daran erinnern, worüber sie gesprochen haben?«

Der Ober verzog missbilligend das Gesicht. »Wir lauschen nicht, wenn unsere Gäste sich unterhalten.«

»Ich dachte ja auch nur, dass Sie vielleicht rein zufällig etwas gehört haben könnten. Bitte! Es ist wirklich sehr wichtig für uns.«

»Mehr kann ich euch jetzt wirklich nicht mehr sagen. Außerdem konnte ich sowieso nicht verstehen, worum es ging. Sie sprachen spanisch.«

»Spanisch?« rief ich. »Sind Sie sicher?« Argentinien! Das konnte doch kein Zufall sein!

»Ja. Doch der Herr, der auf dem Foto abgebildet ist, sprach auch deutsch. Sehr gut sogar.«

Oliver war mutig geworden. »Wissen Sie denn zufällig auch, wie die Männer heißen?«

Der Ober sah ihn nur mit hochgezogenen Augenbrauen an.

»Bitte!«, jammerte ich. »Es ist sehr wichtig für mich!«

»Na schön«, schnaufte der Ober. »Aber mehr kann ich euch wirklich nicht sagen. Dann müsst ihr gehen. Ich habe nur wenig von der Unterhaltung der beiden Herren gehört. Eigentlich kann ich mich nur an zwei Dinge erinnern. Der Herr auf dem Foto wurde von dem anderen Herrn mit Señor Angel angesprochen.«

»Angel?«

»Ja. Das ist spanisch und heißt Engel.«

»Und das andere?«, fragte Oliver. »Sie sagten, dass Ihnen zwei Sachen aufgefallen sind.«

»Das andere war eigentlich nur ein Wort. Tango. Sie haben über Tango gesprochen.«

# 3. Kapitel

»Da soll noch einer durchblicken!«

Oliver sprach mir aus der Seele. Jetzt wussten wir zwar einiges mehr, aber eigentlich wussten wir auch wieder gar nichts.

Als wir aus dem Restaurant gekommen waren, hatten wir Hunger. Wir hatten uns ein etwas anderes Restaurant gesucht und uns mit Hamburger und Cola in eine Ecke gesetzt, in der uns niemand hören konnte.

»Kannst du etwas mit dem Namen Angel anfangen?«, fragte Oliver mich.

Ich schüttelte nur den Kopf.

»Ein Mann, der Angel heißt, spanisch spricht und aussieht wie dein Vater«, redete Oliver vor sich hin. »Irgendwie passt das alles nicht zusammen.«

Oliver hatte recht. Das machte alles keinen Sinn. Wenn der Mann tatsächlich Papa gewesen sein sollte, warum hatte er seinen Namen geändert und warum sprach er spanisch? Früher hatte er es jedenfalls nicht besonders gut gekonnt. »In Argentinien kann ich mir gerade mal einen Kaffee bestellen«, hatte er einmal gesagt.

»Konnte dein Vater spanisch?«, fragte Oliver, als hätte er meine Gedanken gelesen.

»Nicht besonders.«

»Na ja, das kann man lernen in zwei Jahren. Aber das erklärt noch nicht, warum er plötzlich einen spanischen Namen haben soll.«

»Vielleicht ist er ja doch ein Doppelgänger.«

Oliver nickte. »Daran habe ich auch schon gedacht. Aber irgendwie habe ich das Gefühl, dass mehr dahintersteckt. Vor allem geht mir die Sache mit dem Tango nicht mehr aus dem Kopf.«

»Das kann ich auch nicht verstehen. Ich kann mir nicht vorstellen, dass mein Vater sich für Tango interessiert hat. Der stand mehr auf Elvis Presley.«

Oliver beugte sich zu mir, als hätte er Angst, uns könne jemand belauschen. »Ich meine ja auch etwas anderes. Dein Vater hatte seinen Unfall doch in Argentinien. Und da ist Tango doch so was wie die Nationalmusik.«

»Stimmt. Daran habe ich überhaupt noch nicht gedacht. Mensch Oliver! Gibt's so viele Zufälle? Sie haben ihn doch beide auf dem Foto erkannt! Der Taxifahrer und der Kellner auch! Und jetzt das mit dem Tango und Argentinien. Der Mann aus dem Taxi hat etwas mit meinem Vater zu tun. Ich weiß es, Oliver. Ich weiß es einfach!«

Oliver drückte an einem Pickel an seiner Schläfe herum. »Eigentlich wollte ich es dir ja nicht sagen.«

»Was?«

»Als du mir gestern die Geschichte von dem Mann im Taxi erzählt hast – nicht dass ich es nicht geglaubt hätte, aber andererseits konnte ich es mir auch nicht vorstellen.«

»Und jetzt?«

»Jetzt glaube ich, dass das alles kein Zufall ist. Ehrlich gesagt, ist mir fast unheimlich dabei.«

»Willst du aufgeben?«

»Nein! Das wollte ich damit nicht sagen. Oder willst du?«

Ich schüttelte den Kopf. »Natürlich nicht. Immerhin geht es um meinen Vater. Nur weiß ich nicht, wie wir weiterkommen sollen. Das einzige, was wir wissen, ist, dass er wie mein Vater aussieht, spanisch spricht, angeblich Angel heißt und sich über Tango unterhalten hat.«

»Und dass es wahrscheinlich eine Verbindung zu Argentinien gibt. Aber das hilft uns auch nicht weiter. Schließlich kommen wir wohl kaum nach Argentinien, um nach ihm zu suchen.«

Ich hatte plötzlich eine Idee. »Mensch, ich kenne doch jemanden in Argentinien! Eine Frau, die in der Hauptstadt Buenos Aires in der deutschen Botschaft arbeitet. Sie hat uns damals besucht und uns bei den Formalitäten geholfen. Die war echt total nett. Der könnte ich doch vielleicht einmal schreiben und sie bitten, ob sie sich für uns nach diesem Señor Angel erkundigt.«

»Glaubst du, das bringt was? Möglicherweise gibt es Tausende mit dem Namen Angel in Argentinien.«

»Ja, möglicherweise. Aber ich kann ja ein Foto meines Vaters dazulegen. Dann weiß sie, wie er aussieht.«

»Und du meinst, das klappt?«

»Woher soll ich das wissen? Es ist ja noch nicht einmal sicher, dass sie noch dort arbeitet. Aber hast du eine andere Idee? Du hast doch selbst gesagt, dass du auch nicht weißt, was wir noch tun können.«

»Ja, ja. Du hast ja recht. Aber irgendwie verrückt ist es schon, einfach so nach Argentinien zu schreiben.«

»Und wenn schon. Ich schreibe ihr jedenfalls heute Abend noch. Die Adresse müssen wir noch irgendwo haben. Ich muss herausfinden, wer dieser Mann im Taxi war!«

»Gibt es denn hier in Deutschland wirklich niemanden, der uns sagen könnte, was damals in Argentinien passiert ist? Vielleicht gibt es ja doch noch irgendetwas, was ihr damals übersehen habt.« Wieder beugte sich Oliver zu mir vor. »Wenn der Mann im Taxi dein Vater ist, kann er schließlich nicht derjenige sein, der bei dem Brand umgekommen ist. Es war doch sowieso seltsam, dass er überhaupt in diesem Hotel war. Wenn euch dieser eine Kollege nicht von der geschäftlichen Verabredung erzählt hätte, wüsstet ihr es immer noch nicht.«

»Glaubst du, er hat gelogen?«

Oliver zuckte mit den Schultern. »Keine Ahnung. Weißt du denn, wie er heißt?«

»Ja, das weiß ich noch genau. Er heißt Amann. Papa hat öfter von ihm erzählt. Ich glaube, sie haben sich ganz gut verstanden. Darum haben wir ihm damals auch sofort geglaubt, als er uns die Sache mit der geschäftlichen Verabredung im Hotel erzählt hat.«

»Und ihr habt euch nie gewundert, dass der Mann, mit dem dein Vater verabredet war, später nicht mehr aufgetaucht ist?«

»Eigentlich schon. Aber selbst wenn wir ihn gefunden hätten, was hätte es uns genutzt? Das hätte meinen Vater nicht wieder lebendig gemacht.«

»Sicher, aber jetzt sieht es doch wieder ganz anders aus. Schließlich wissen wir nicht, ob dein Vater vielleicht doch noch lebt. Möglicherweise weiß dieser Herr Amann noch etwas, das uns weiterhilft.«

»Du meinst, wir sollten ihn fragen?«

»Ist er denn wieder in Deutschland?«

»Wahrscheinlich. Mein Vater und seine Kollegen waren immer nur für ein paar Wochen in Südamerika. Wenn er nicht gerade auf einer Dienstreise ist, müsste er eigentlich in seinem Büro in Papas alter Firma arbeiten.«

»Also, worauf warten wir noch?

Ich hatte Papa ein paarmal in seinem Büro besucht, und ich kannte den Weg noch.

Als wir nach einer endlosen Busfahrt endlich dort ankamen, wäre beinahe alles umsonst gewesen. Der Pförtner wollte uns noch nicht einmal durch das Tor lassen, geschweige denn in Papas alte Abteilung. Erst als ich ihm meinen Namen nannte, wurde er plötzlich sehr freundlich. Papas Unfall hatte damals auch in seiner Firma für eine Menge Aufregung gesorgt. Der Pförtner sah in seinem Telefonbuch nach. Herrn Amann gab es noch dort. Und wir hatten noch mehr Glück: Herr Amann wollte uns ›empfangen‹, wie es der Pförtner nach einem kurzen Anruf bei ihm ausdrückte. Er begleitete uns sogar hin.

Ich erkannte Herrn Amann gleich, als ich ihn sah. Er war auch auf Papas Beerdigung gewesen. Er führte uns in einen Besprechungsraum, wir durften auf riesigen Ledersesseln Platz nehmen, und die Sekretärin brachte uns Limonade und Plätzchen.

Herr Amann erinnerte sich auch noch an mich. Er saß uns gegenüber, mit einer Tasse Kaffee in der Hand.

»Schön, dass du uns besuchen kommst, Ana-Laura. Du bist ja mittlerweile eine richtige junge Dame geworden.«

Immer die gleichen Sprüche, aber ich ging nicht darauf ein.

»Eigentlich wollten wir nur fragen, ob Sie uns vielleicht helfen könnten.«

»Helfen? Wobei?«

»Es geht um Papas Unfall.«

Herr Amann stellte die Tasse auf den Tisch und sah mich bedauernd an. »Eine schlimme Geschichte war das damals. Besonders natürlich für dich und deine Mutter. Wie geht es ihr eigentlich?«

»Gut, danke.«

»Das freut mich. Also, kann ich etwas für euch tun, oder wolltet ihr mich nur besuchen.«

»Besuchen wollten wir Sie natürlich auch«, versuchte ich es möglichst diplomatisch, »aber wir haben auch eine Bitte. Wir wollten nämlich etwas von Ihnen wissen.«

»Über den Unfall?«

»Ja, es geht um den Unfall.«

»Aber ich habe dir und deiner Mutter doch damals schon erzählt, was ich weiß.«

»Trotzdem könnte es doch sein, dass Sie vielleicht etwas vergessen haben.«

»Vor allem würden wir gerne wissen, ob Sie mittlerweile den Mann gefunden haben, der sich mit Herrn Steiner in dem Hotel getroffen hat.«

Herr Amann sah erst Oliver und dann mich fragend an.

»Das ist Oliver, ein Freund von mir. Er weiß über alles Bescheid.«

»Über alles?«

»Ja, über den Unfall und so.«

»Warum interessiert euch denn dieser Mann plötzlich wieder? Das Ganze ist doch nun schon so lange her. Oder hat deine Mutter euch hergeschickt?«

Die Gedanken schossen mir kreuz und quer durch den Kopf. Was sollte ich ihm sagen? Wenn ich ihm die Geschichte von dem Mann in dem Taxi erzählte, würde er mich sicher für völlig übergeschnappt halten. Und wahrscheinlich würde er sich gleich ans Telefon hängen, um meine Mutter anzurufen. Ich sah zu Oliver. Hoffentlich hielt er die Klappe. Es kam mir wie eine Ewigkeit vor, bis ich endlich stotterte: »Es ist nämlich so, dass meine Mutter einen neuen Freund hat, und – und ...«

Herr Amann nahm meine Hand. »Und jetzt willst du wissen, ob dein Vater damals bei dem Unfall wirklich umgekommen ist, stimmt's, Ana-Laura?«

Ich dachte, mir bleibt das Herz stehen. Woher, um alles in der Welt, konnte er das wissen?

»Aber er ist doch auch nie identifiziert worden«, antwortete Oliver für mich. Allerdings zitterte seine Stimme dabei.

»Das stimmt. Trotzdem weiß ich, dass er es war.«

»Und warum sind Sie sich da so sicher?« rief ich.

»Weil ich genau weiß, dass er sich dort mit diesem Mann treffen wollte. Er hat es mir am Abend vor dem Unfall erzählt.«

»Hat er Ihnen auch gesagt, wie dieser Mann heißt?«, fragte ich ihn.

Herr Amann schüttelte den Kopf. »Nein, einen Namen hat er nicht genannt.«

»Und trotzdem sind Sie sicher, dass es mein Vater war, der während des Brandes im Hotelzimmer war?«

»Ja. Mehr kann und mehr will ich euch auch nicht sagen.« Herr Amann beugte sich zu mir vor. »Bitte, Ana-Laura, mach dir selbst nicht das Leben schwer. So schrecklich es auch ist, dein Vater ist damals bei dem Brand gestorben. Auch wenn es für dich jetzt vielleicht schwer zu verstehen ist, manchmal tut man besser daran, die Vergangenheit ruhen zu lassen.«

In einem Zug trank ich die Limonade aus. Ich wollte so schnell wie möglich von dort weg. Mir war, als bekäme ich keine Luft mehr. Wahrscheinlich wunderte sich Herr Amann darüber, dass ich plötzlich aufsprang und gehen wollte, und auch Oliver sah mich überrascht an, aber das war mir egal. Ich wollte nur raus! Herr Amann brachte uns noch bis an den Haupteingang. Er sagte mir noch etwas zum Abschied, aber ich achtete nicht darauf, was es war.

»Was hattest du denn?«, fragte Oliver, als wir endlich wieder auf der Straße standen. »War dir schlecht? Du warst plötzlich ganz weiß im Gesicht.«

»Tatsächlich? Nein, schlecht war mir nicht. Ich wollte nur schnell weg. Es war alles so – unheimlich.«

»Unheimlich? Das fand ich nicht. Eher heimlich.«

»Wie meinst du das?«

»Dass der Typ uns etwas verheimlicht. Überhaupt, es kann ja sein, dass dein Vater sich gut mit ihm verstanden hat, mir jedenfalls ist er nicht sehr sympathisch. Findest du nicht auch?«

Ich zuckte nur mit den Schultern.

Oliver und ich gingen schweigend zur Haltestelle. Erst als wir wieder im Bus saßen, ging ich auf Olivers Bemerkung ein. »Und du glaubst, dass er uns etwas verheimlicht hat?«

Oliver nickte. »Ist dir denn nicht auch aufgefallen, dass er ganz versessen darauf war, uns davon zu überzeugen, dass es keinen Sinn hat, uns weiter um den Unfall deines Vaters zu kümmern?«

»Warum sollte er uns etwas verheimlichen? Was hätte er davon?«

Oliver antwortete nicht. Er sah mich nur an. Ich konnte den Blick nicht deuten, aber ich hatte das Gefühl, als wollte er mir etwas sagen, sich aber nicht traute.

Ich sah aus dem Fenster. Erst jetzt fiel mir auf, dass wir fast an der gleichen Stelle waren, wo ich Papa, oder wer immer das war, gesehen hatte. Ich glaube, selbst kurz nach Papas Unfall habe ich mich nicht schlechter gefühlt. Allmählich schlich sich ein Gedanke in meinen Kopf, den ich versucht hatte zu unterdrücken. Obwohl sich alles in mir dagegen sträubte, wurde ich ihn nicht mehr los.

Irgendwann hielt ich es nicht mehr aus. Ich musste darüber reden. »Ich weiß, dass es bestimmt schwachsinnig klingt, aber ich frage mich die ganze Zeit, ob es möglich wäre, dass mein Vater vielleicht eine Freundin hatte, von der wir nichts wussten.«

Ich sah Oliver nicht an. Ich hoffte fast, er würde mir widersprechen. Er tat es nicht. »Das würde jedenfalls viel erklären«, meinte er stattdessen ungerührt.

»Was würde es erklären!«, fuhr ich ihn an.

»Wenn du mich jetzt wieder anmeckerst, sage ich gar nichts mehr. Schließlich hast du davon angefangen.«

»Ja, schon gut. Entschuldige. Also, was würde es erklären?«

»Na, alles eigentlich. Ich will ja nicht sagen, dass es so war. Aber nur mal angenommen, dein Vater hätte eine Freundin gehabt. Dann hätte er doch nur vorgeben müssen, dass er in dem Hotelzimmer war. Er hätte dann ungestört unter falschem Namen in Argentinien leben können – mit seiner Freundin.«

»Weißt du eigentlich, was du da sagst?«

»Ich habe ja nicht gesagt, dass es so war. Aber möglich wäre es schließlich. Das würde auch erklären, warum er im Taxi und im Restaurant so nervös und aufgeregt war. Schließlich musste er damit rechnen, dass ihn jemand erkennt, denn er hat ja lange genug hier gelebt. Was ich nur nicht verstehe ist, warum er sein Äußeres nicht verändert hat. Sich einen Bart wachsen zu lassen ist doch das Mindeste.«

Erst hatte ich den Geist gerufen, jetzt wurde ich ihn nicht wieder los. »Das ist doch alles Quatsch!« rief ich so laut, dass sich einige Leute zu uns umdrehten. »Mein Vater hatte keine Freundin. Dazu hat er meine Mutter viel zu sehr geliebt. Und außerdem erklärt das immer noch nicht alles, wie du sagst. Wer soll denn dann der Mann im Hotelzimmer gewesen sein? Oder willst du etwa behaupten, dass mein Vater ihn umgebracht hätte, um den Unfall vorzutäuschen?«

»Nein! Natürlich nicht! Aber es könnte doch sein, dass – ach, ist ja auch egal. Lassen wir das.«

»Nun sag schon. Jetzt will ich auch wissen, was du denkst.«

»Ich meine, dass es doch möglich sein könnte, dass der Unfall wirklich ein Unfall war, nur dass eben nicht dein Vater das Opfer war. Und als er dann merkte, dass man ihn für den Toten hielt, hat er gewissermaßen die Gelegenheit ergriffen und den Irrtum nicht aufgeklärt. – Aber du hast recht. Das ist wahrscheinlich nur dummes Gerede. Aber das ist ja auch alles total verrückt. Kein Wunder, wenn man langsam selber durchdreht.«

Ich sah aus dem Fenster. Ich wollte nichts mehr dazu sagen. Ich wollte nur das, worüber wir gesprochen hatten, so schnell wie möglich vergessen.

Oliver half mir dabei. »Wenn das mit der Freundin nicht stimmt, muss es eine andere Erklärung geben«, meinte er nach einer Weile.

»Und welche? Hast du eine Idee, wie wir weiterkommen sollen?«

»Vielleicht bringt uns ja die Sache mit dem Tango weiter. Bist du sicher, dass dein Vater früher nichts mit Tango zu tun hatte?«

»Hat er nicht. Das habe ich dir doch schon gesagt.«

»Woher willst du das wissen? Immerhin hat dein Vater auch schon vor deiner Geburt gelebt. Deine Mutter weiß bestimmt mehr über ihn. Wir könnten sie doch fragen, ob er vielleicht früher ...«

»Die? Bloß nicht! Du hast doch selbst erlebt, wie sie reagiert hat, nur weil ich angedeutet habe, dass mein Vater vielleicht noch lebt.«

»Und deine Großeltern? Ich meine natürlich seine Eltern. Gibt es die noch?«

»Mein Großvater ist tot, nur Oma lebt noch. Sie ist allerdings sehr krank.«

»Was hat sie denn?«

»Sie hatte einen Schlaganfall, kurz vor Papas Unfall. Seitdem lebt sie in einem Pflegeheim.«

Oliver machte eine eindeutige Handbewegung. »Ist sie …«

»Nein, so kann man das nicht sagen. Eigentlich ist sie ganz normal. Sie redet viel durcheinander. Sie kann nicht mehr richtig unterscheiden, ob das, worüber sie redet, gestern passiert ist oder vor fünfzig Jahren. Sie kann sich noch an die unwichtigsten Kleinigkeiten aus ihrer Kindheit erinnern. Aber von dem, was vor einer Stunde passiert ist, weiß sie nichts mehr. Sie ist ja auch schon ziemlich alt.«

»Sollen wir sie nicht einfach besuchen?« schlug Oliver vor.

Er traf mich damit an einer empfindlichen Stelle. Jedes Mal, wenn ich an Oma denke, bekomme ich ein schlechtes Gewissen. Als ich noch kleiner war, war ich oft bei ihr. Kurz nach ihrem Schlaganfall habe ich sie erst im Krankenhaus und dann auch im Pflegeheim besucht, allerdings immer nur zusammen mit Mama. Doch mit der Zeit sind mir immer wieder Ausreden eingefallen, warum ich keine Zeit habe. Nun waren es schon wieder ein paar Monate her, seit ich sie das letzte Mal gesehen hatte. Dass Mama sie auch nicht viel häufiger besucht, beruhigte mich wieder ein wenig.

»Na, was meinst du?«, fragte mich Oliver, als ich nichts sagte.

Ich schüttelte den Kopf. Ich wollte nicht zu Oma.

Doch Oliver ließ nicht locker. »Warum nicht? Vielleicht kann sie uns doch helfen. Gerade wenn sie sich so gut an die Vergangenheit erinnern kann, wird sie uns doch bestimmt sagen können, ob sich dein Vater früher für Tango interessiert hat oder sonst etwas damit zu tun hatte. Also was ist, sollen wir sie nicht doch besuchen?«

»Nein.«

»Was heißt nein?«

Es reichte mir. »Was soll das schon heißen?«, schrie ich ihn an. »Nein heißt nein!«

Für Oliver kam mein Wutausbruch wohl überraschend. »Mensch, Ana-Laura! Nun reg dich doch nicht so auf. Ich habe doch nur gefragt!«

»Das ist es ja eben. Du gehst mir mit deiner Fragerei auf den Geist! Kannst du mich nicht endlich in Ruhe lassen?«

»Du spinnst doch!«, schrie Oliver plötzlich zurück. »Erst sagst du, dass ich dir helfen soll, und jetzt schnauzt du mich an! Was willst du eigentlich?«

»Ach lass mich doch in Ruhe!«

Oliver sprang auf. »Das kannst du haben!«

Gerade hielt der Bus an einer Haltestelle. Mit einem Satz war Oliver aus der Tür. Im gleichen Augenblick tat es mir leid. Aber ich wollte ihm auch nicht hinterherlaufen. Das war mir zu blöd.

Als ich nach Hause kam, saß Mama im Wohnzimmer vor dem Fernseher. Zum Glück bewahrt sie die wichtigen Papiere in einem Ordner im Schlafzimmerschrank auf. Mama ist sehr ordentlich. Ich fand die Adresse der deutschen Botschaft auf Anhieb.

Ich sah noch kurz zu Mama herein und verzog mich schnell auf mein Zimmer. Erstens wollte ich den Brief schreiben, und außerdem hätte ich ihre grinsenden Fragen, Oliver und mich betreffend, nicht ertragen können.

Während ich den Brief schrieb, bekam ich ein schlechtes Gewissen. Alles, was Oliver und ich bisher gemacht hatten, um herauszufinden, ob der Mann im Taxi tatsächlich mein

Vater war, hatten wir hinter Mamas Rücken getan. Auf der anderen Seite war es ihre Schuld. Warum glaubte sie mir nicht? Es ging doch um Papa! Oder war das gerade der Grund, warum sie nicht wollte, dass ich mehr über den Mann im Taxi erfuhr? Vielleicht wollte sie gar nicht, dass er noch lebte? Oder sie wollte nicht, dass ich wusste, das er noch lebte? Die Freundin! Vielleicht hatte sie erfahren, dass er eine Geliebte in Argentinien hatte, und sie war nun so böse auf ihn, dass sie nichts mehr von ihm wissen wollte. Ich schüttelte mich. Was war nur mit mir los? Wie konnte ich auch nur denken, dass Papa so etwas tun könnte! Uns wegen einer fremden Frau zu verlassen. Das war unmöglich! Was auch immer Mama dachte, warum auch immer sie nicht wollte, dass ich nach dem Mann im Taxi suchte, ich musste es tun. Ich musste einfach! Und darum würde ich auch diesen Brief schreiben. Auch wenn es verrückt und fast aussichtslos war. Da konnte Oliver sagen, was er wollte.

Oliver! Warum dachte ich immer wieder an Oliver? Das ging schon so, seit er wütend aus dem Bus gesprungen war. Irgendwie hatte er mit seinem roten Gesicht ja süß ausgesehen, auch wenn die Pickel dadurch noch mehr aufgefallen waren.

In der Nacht lag ich noch lange wach und dachte darüber nach, was Oliver für mich bedeutete oder ob er überhaupt etwas für mich bedeutete. Ich schlief ein, bevor ich zu einem Ergebnis kam.

Ich wachte von Mamas morgendlichem Küchengeklapper auf. In dem Augenblick als ich die Augen öffnete, dachte ich wieder an Oliver, aber anders als am Abend zuvor. Ich wusste, dass er mit seinem Vorschlag, Oma Gerda zu besuchen, recht hatte. Warum musste dieses Pickelgesicht nur immer so vernünftig sein?

Das Frühstück mit Mama verlief ohne Zwischenfälle. Sie hatte verschlafen und war sehr in Eile. Das war mir ganz recht. Wenn sie irgendwelche Bemerkungen über Oliver und mich gemacht hätte, wäre ich wahrscheinlich verlegen geworden.

Als Mama mit fliegenden Fahnen aus der Tür gestürzt war, um noch einigermaßen pünktlich zur Arbeit zu kommen, hätte ich bei Oliver anrufen können, um ihn zu fragen, ob er mich zu Oma Gerda begleitete. Doch ich traute mich nicht. Immer wieder überlegte ich mir, was ich ihm sagen wollte. Doch entweder ich legte den Telefonhörer gleich wieder auf, oder ich nahm ihn erst gar nicht in die Hand. Entschuldigen wollte ich mich nicht. Aber ich wollte auch nicht mit ihm zerstritten sein.

Es war schon fast Mittag, als Oliver der ganzen Sache ein Ende bereitete und bei mir anrief. Zuerst klang er noch etwas säuerlich, als ich ihm aber sagte, dass ich mit ihm meine Großmutter besuchen wollte, war er gleich wieder versöhnt. Und ich hatte mich nicht entschuldigen müssen.

Wir verabredeten uns für den Nachmittag bei mir. Eine halbe Stunde später stand er vor unserer Tür.

»Ich dachte, dass wir vielleicht noch etwas besprechen müssen«, meinte er und grinste verlegen.

Ich war froh, dass er da war. »Das können wir auch unterwegs«, grinste ich zurück. »Wenn du schon mal hier bist, können wir auch gleich gehen.«

Das Pflegeheim, in dem Oma lebte, ist nicht weit von unserer Wohnung entfernt. Also gingen wir zu Fuß. Wieder meldete sich mein Gewissen. Es war eigentlich eine Schande, wenn ich daran dachte, wie schnell ich bei Oma sein konnte und wann ich sie das letzte Mal besucht hatte.

Ich lenkte mich ab, indem ich Oliver auf unseren Besuch bei Oma Gerda einschwor. »Eines musst du mir versprechen«, versuchte ich ihm einzuschärfen. »Du darfst auf gar keinen Fall Papas Unfall erwähnen. Sie weiß nichts davon. Wir haben es ihr nicht gesagt. Der Arzt hat gemeint, das könnte sie umbringen.«

»Fragt sie denn nie nach ihm?«

»Schon. Ab und zu. Aber dann sagt meine Mutter ihr, dass er beim nächsten Mal mitkommt. Und bis dahin hat sie es wieder vergessen. Du weißt ja, an das, was erst kürzlich passiert ist, erinnert sie sich nur schwer. Das ist zwar irgendwie gemein, aber immer noch besser als die Wahrheit.«

»Aber dass dein Großvater tot ist, das weiß sie.«

»Ja, klar. Der ist schon lange tot. Eigentlich habe ich sogar zwei Großväter. Der eine, also mein richtiger Opa, ist damals im Krieg umgekommen, in Russland, glaube ich. Da war Oma gerade mit meinem Vater schwanger. Nach dem Krieg hat sie dann noch einmal geheiratet. Ihr zweiter Mann ist auch ziemlich früh gestorben. Da war ich noch ein Baby. Danach hatte sie vom Heiraten die Nase voll.«

»Kann ich verstehen.«

»Zu mir hat sie einmal gesagt, dass sie sehr gut allein zurechtkommt. Überhaupt hat sie es wohl nicht leicht gehabt. Ihre Mutter ist bei ihrer Geburt gestorben, und ihr Vater ist auch aus dem Krieg nicht mehr zurückgekommen. Sie hat während des Krieges das Geschäft ihrer Eltern zuerst ganz allein geführt, obwohl sie damals noch ziemlich jung war. Irgendwann hat sie dann ihren ersten Mann, also meinen richtigen Großvater, kennengelernt. Nach einer Weile hat sie das Geschäft aufgegeben und ist zu ihm nach Berlin gezogen.«

Während ich Oliver von Oma erzählte, verflog meine Angst davor, sie zu besuchen. Ich freute mich sogar fast auf sie.

Ich brauche immer eine Weile, bis ich mich an Omas Pflegeheim gewöhnt habe. Sicher, alle geben sich dort große Mühe. Es ist eines der besseren Heime dieser Art. Trotzdem durfte ich nicht daran denken, wie gemütlich es früher in Omas kleiner Wohnung gewesen war. Sie war vollgestopft mit Möbeln und tausend Kleinigkeiten. Bei ihr konnte man sich verkriechen wie in einer Höhle. Ich konnte es gut verstehen, dass sie sich bisher dagegen gewehrt hatte, sie aufzugeben.

Ich beobachtete Oliver, als wir durch die sterilen Flure zu Omas Zimmer gingen. Sehr wohl schien er sich nicht zu fühlen. Ich hoffte, dass Oma ihm nicht zu sehr zusetzte. Seit dem Schlaganfall war es selbst für uns nicht immer einfach, mit ihr auszukommen. Ich hatte keine Ahnung, wie sie auf Fremde reagieren würde. Zum Glück war es einer von Omas guten Tagen. Sie lag nicht, wie meistens, in ihrem Bett, sondern saß – trotz des schönen Wetters – dick in Decken eingehüllt mit einer Tasse Kaffee in der Hand auf dem kleinen Balkon vor ihrem Zimmer. Ich musste ihr einige Male erklären, wer Oliver war und was er mit mir zu tun hatte. Natürlich sagte ich ihr nicht die ganze Wahrheit. Endlich gab sie ihre Skepsis auf und lächelte ihn an.

»Schön, dass du deinen Freund mitgebracht hast, Ana-Laura. Ach, ihr Kinder habt es doch besser als wir zu unserer Zeit. Es wäre undenkbar gewesen, in deinem Alter allein mit einem Jungen auszugehen. Da verstand Vater keinen Spaß. Heute würde man sagen, er war verklemmt, nicht wahr?«

Sie lachte aus vollem Hals. Seit Langem blitzte wieder etwas in Oma auf, das ich früher so gern an ihr gehabt hatte.

So plauderten wir eine Weile über alte Zeiten. Das heißt, sie erzählte ohne Pause, ich gab ihr ab und zu recht, und Oliver grinste mehr oder weniger intelligent vor sich hin und sagte nichts. Irgendwie schafften wir es, auf Papa zu sprechen zu kommen, und dann auf Papas Jugend. Jetzt oder nie!

»Weißt du eigentlich, welche Musik Papa früher gerne gehört hat?«

Ich fürchtete schon, zu direkt gewesen zu sein. Oma sah mich erstaunt an. »Musik? Ach, weißt du, mein Kind, dazu kann ich nicht viel sagen. Ihm gefiel halt die Musik, die die jungen Leute zu der Zeit alle gern gehört haben. Lauter englisches Zeug. Schrecklich, wenn du mich fragst.«

Das war Rock 'n' Roll, klar.

»Und sonst?«

»Sonst? Ich wüsste nicht, dass er sich noch für eine andere Musik interessiert hätte. Denkst du an etwas Bestimmtes?«

»Nee – eigentlich nicht. Ich dachte, dass er vielleicht auch gerne klassische Musik gehört hat oder Walzer – oder Tango.«

Oma war im Laufe des Gesprächs immer aufgeschlossener geworden. Sie freute sich darüber, dass sie mit uns über die alten Zeiten plaudern konnte. Auch nach meiner Frage bemerkte ich zunächst keine Veränderung. Merkwürdig war nur, dass sie mir nicht antwortete. Sie sah stumm vor sich hin, so als suchte sie etwas in ihrer Erinnerung.

»Tango?«, fragte sie plötzlich. »Hast du Tango gesagt, Ana-Laura?«

»Ja.« Ich war so aufgeregt, dass ich mich wunderte, überhaupt dieses eine Wort herauszubekommen.

»Hat Ihr Sohn Tango gemocht?«, fragte Oliver.

Oma zuckte zusammen. »Haben Sie etwas gesagt, junger Mann?«

»Oliver hat nur gemeint ...«

»Ja, ja, ich weiß, was er gemeint hat!«

Von einer Sekunde zur anderen war mit Oma eine Veränderung vor sich gegangen, die mir angst machte. Sie war in ihrem Rollstuhl zusammengesunken und sah uns verärgert, fast böse an.

»Hat euch das die Blaue gesagt?«

»Wie?«

»Ihr geht jetzt. Sofort!«

»Aber Oma!«

»Oder habt ihr geschnüffelt? Ich verbiete euch, in meine Wohnung zu gehen! Außerdem hätte Martin mir erzählt, wenn er etwas gefunden hätte. Er war nämlich hier. Jawohl! Es wurde auch Zeit, dass er seine alte Mutter einmal besucht! Aber ihr haltet euch da heraus. Ich verbiete euch, noch einmal in meine Wohnung zu gehen. Habt ihr verstanden?«

»Wir waren nicht in deiner Wohnung, Oma. Bestimmt nicht!«

»Das ist gelogen! Ihr geht jetzt! Wo ist meine Klingel? Ich will meine Klingel! Ihr geht jetzt!«

Oliver und ich sprangen gleichzeitig von unseren Stühlen hoch. Im gleichen Augenblick wurde die Tür zu Omas Zimmer aufgerissen. Die Pflegerin, die hereinkam, kannte ich von früheren Besuchen. Es war Schwester Inge. Mama nannte sie nur die blonde Walküre. Arme wie ein Preisboxer und ein Gesicht wie eine Bulldogge.

»Was ist hier los?«

Oma war völlig außer sich. »Sie sollen gehen! Sofort! Er hat nur dieses englische Zeug gehört. Tango hat er nie gemocht. Nie! Die Blaue lügt! Kein Tango!«

»Mein Gott, Oma! Beruhige dich bitte. Es war doch nur eine Frage.«

Schwester Inge gehört zu den Leuten, die sich nicht auf lange Diskussionen einlassen. »Sie beruhigen sich jetzt, Frau Steiner. Es wird sowieso zu kühl auf dem Balkon. Ich komme gleich zu Ihnen und helfe Ihnen ins Bett. – Und ihr kommt mit mir.«

Sie packte Oliver und mich bei den Armen und zog uns aus dem Zimmer. Aus dem Griff gab es kein Entrinnen. Auf dem Flur ließ sie uns los. Sie baute sich aber gleich so vor uns auf, dass wir keine Chance hatten, an ihr vorbeizukommen.

»Und nun erzählt ihr mir bitte, was ihr euch dabei gedacht habt, die alte Frau so zu beunruhigen. Vor allem du müsstest doch wissen, wie sehr ihr jede Aufregung schaden kann.«

Das ging an mich. »Aber wir haben sie doch nur etwas gefragt!«

»Ich weiß, was ihr gefragt habt. Es ging um diesen Tango.«

»Ja, eben. Das ist doch nicht schlimm, oder?«

»Du hast doch gesehen, dass es schlimm ist, jedenfalls für

deine Oma. Also wirst du das in Zukunft lassen. Wenn ihr sie besucht, könnt ihr über alles reden, nur nicht über diesen Tango. Habt ihr das?«

Waren plötzlich alle verrückt geworden?

»Warum denn nicht? Wissen Sie etwas darüber?«

»Ich will nicht, dass ihr sie darauf ansprecht. Das ist alles. So, und nun geht bitte.«

Das ließen wir uns nicht zweimal sagen.

Nach ein paar Schritten drehte ich mich noch einmal um. »Erzählen Sie bitte meiner Mutter nichts!«

Entweder sie hatte mich nicht verstanden, oder sie wollte nicht. Sie sah mich nur noch einmal an und verschwand ohne ein weiteres Wort in Omas Zimmer.

## 4. Kapitel

Mir war schlecht. Wie wir aus dem Heim auf die Straße gekommen sind, weiß ich nicht mehr. Oliver hätte überall hingehen können. Ich wäre blind mitgetrottet. Was hatten wir Schlimmes getan? Warum hatte Oma sich so schrecklich aufgeregt? Was sollten wir in ihrer Wohnung gesucht haben? Gab es tatsächlich ein Geheimnis in Papas Vergangenheit? Und wenn, hatte dieser Tango etwas damit zu tun? Ich konnte es mir nicht vorstellen. Aber warum hatte Oma dann so reagiert? Ich durfte nicht daran denken, wie sie uns angesehen hatte.

Oliver holte mich mit einem Schlag aus meinen Grübeleien. »Deine Oma weiß, was dein Vater mit dem Tango zu tun hat. Da bin ich ganz sicher! Ich möchte nur wissen, warum sie es uns nicht sagen will. Vielleicht steckt mehr dahinter, als wir uns vorstellen können.«

»Aber was?«

»Keine Ahnung. Außerdem würde ich zu gerne wissen, wer die Blaue ist, von der deine Großmutter gesprochen hat. Vielleicht hat die ja etwas damit zu tun. Kannst du dir vorstellen, wen sie damit gemeint haben könnte?«

Ich schüttelte den Kopf. »Möglicherweise ist das eine der

Heiminsassen, mit der sie sich nicht versteht. Oder es ist eine der Schwestern, vielleicht ja sogar die, die uns hinausgeworfen hat. Hatte die nicht so einen bläulichen Kittel an?«

»Weiß nicht. Darauf habe ich nicht geachtet. Aber ich glaube nicht, dass sie es ist. Mit der schien sich deine Großmutter ganz gut zu verstehen. Wahrscheinlich hat das mit der Blauen nicht viel zu bedeuten. Du hast ja selbst gesagt, dass deine Großmutter viel durcheinanderredet, seitdem sie den Schlaganfall hatte.«

»Und die Schwester?«, fragte ich noch einmal. »Findest du nicht, dass sie sich seltsam benommen hat? Dass Oma sich so über das Wort Tango aufgeregt hatte, schien sie überhaupt nicht zu überraschen, so als wäre das schon öfter passiert.«

Oliver nickte. »Das ist mir auch aufgefallen. Sie scheint jedenfalls mehr darüber zu wissen als wir. Möglicherweise hat deine Großmutter ihr von deinem Vater und was er mit dem Tango zu tun hat erzählt.«

»Und warum hat sie es der Schwester erzählt und nicht uns?«

»Keine Ahnung. Hat sie euch denn sonst immer alles erzählt?«

»Ja, das ist es eben. Früher konnte ich mit meiner Oma über alles reden. Sie hatte immer Verständnis für mich, manchmal mehr als meine Eltern. Es will mir einfach nicht in den Kopf, dass mein Vater und sie ein Geheimnis hatten, von dem meine Mutter und ich nichts wissen sollten.«

Oliver blieb stehen. »Warum glaubst du, dass deine Mutter nichts davon weiß. Wenn deine Oma eingeweiht ist, warum nicht auch sie?«

Ich lief weiter, ohne auf Olivers Frage zu antworten. Ja, warum nicht auch Mama? Jeder schien mehr zu wissen als ich. Allmählich fühlte ich mich wie das Opfer einer Verschwörung. Was war, wenn Oliver recht hatte? Hatte Mama nur vorgegeben, mir nicht zu glauben? Vielleicht hatte sie Angst davor, dass ich etwas herausfand, das ich nicht wissen durfte. Aber warum nicht? Es konnte nur eine Erklärung dafür geben: Sie hatte Angst, dass ich das, was ich möglicherweise herausfinden könnte, nicht verkraften würde, es mich verletzte oder mir sonst schaden würde. Das wäre typisch für sie. In ihren Augen war ich immer noch das kleine Mädchen, das sie beschützen musste.

Oliver hatte mich eingeholt. »Willst du deine Mutter darauf ansprechen?«, fragte er leise, als hätte er meine Gedanken lesen können.

Ich nickte. Ganz plötzlich war mir klar geworden, dass ich dieses Versteckspiel nicht länger durchhielt. In dem Augenblick wünschte ich mir, den Mann im Taxi nie gesehen zu haben. Ich war doch schon fast über Papas Tod hinweg. Ich hatte mich sogar darüber gefreut, dass Mama wieder einen neuen Freund hatte. Und nun war mir, als läge Papas Unfall erst ein paar Tage zurück. Am liebsten hätte ich mich in irgendeiner Ecke verkrochen.

»Wann willst du sie denn fragen? Heute noch?« Oliver war nicht so schnell aus der Ruhe zu bringen. Ihn ging die ganze Sache ja auch viel weniger an als mich. Ich hatte das Gefühl, als sähe er die ganze Sache wie ein spannendes Abenteuer. Ich war ihm aber nicht böse deshalb. Und darüber wunderte ich mich selbst ein wenig.

»Vielleicht«, antwortete ich ihm nur. »Wenn sich eine Gelegenheit bietet. Ich kann sie nicht einfach damit überfallen. Du hast nicht erlebt, wie sauer sie war, als ich ihr zum ersten Mal von dem Mann im Taxi erzählt habe. Lass uns erst mal nach Hause gehen. Wahrscheinlich wartet sie schon mit dem Essen auf uns.«

Wie fast schon nicht anders zu erwarten, kam alles anders, als wir es uns vorgestellt hatten: Peter war da.

»Ihr seht mich an, als wäre ich Graf Dracula«, begrüßte er uns grinsend.

Wir lächelten zurück, so gut es ging, und setzten uns zu ihm. Mama kochte das Abendessen. Der Herd stand voller Töpfe, und in der Küche sah es aus wie nach einer Schlacht. Normalerweise macht sie abends immer nur eine Kleinigkeit für uns. Ich fand, dass sie es stark übertrieb. Am meisten regte mich auf, wie aufgedreht sie war. Ständig rannte sie zwischen Küche und Wohnzimmer hin und her. Sie war fröhlich und ausgelassen, als sei nichts geschehen. Als Papa noch lebte, hatte sie nie so ein Theater gemacht. Oder war sie nur deshalb so fröhlich, weil sie wusste, dass Papa gar nicht tot war? Weil sie wusste, dass er irgendwo in Argentinien lebte, mit einer wildfremden Frau? Und mir sagte sie nichts davon. Mich ließ sie einfach mit allem allein! Ich konnte kaum noch verbergen, wie sauer ich war. Als sie auch noch vorschlug, dass wir nach dem Essen gemeinsam Karten spielen sollten, war es mit meiner Beherrschung vorbei.

»Ich halte das nicht mehr aus!«, schrie ich sie an. »Kannst du mir mal sagen, was dieses blöde Familiengetue soll? Steck dir dein blödes Spiel an den Hut! Und dein Essen auch!«

Bevor sie etwas sagen konnte, rannte ich in mein Zimmer und knallte die Tür hinter mir zu.

Ein paar Sekunden später stand Oliver im Zimmer. »Darf ich reinkommen?«

»Bist ja schon drin. Aber mach die Tür hinter dir zu.«

Er setzte sich neben mich. »Warum warst du denn so sauer? Unseretwegen?«

»Wie kommst du denn auf die Idee? Das hat mit euch überhaupt nichts zu tun.« Das war zwar nicht ganz richtig, aber andererseits stimmte es doch. Das war eine Sache zwischen Mama und mir.

»Ich dachte nur«, meinte Oliver weiter, »weil du das mit dem Familiengetue gesagt hast.«

»Ach, das war doch ganz anders gemeint. Ich bin sauer auf meine Mutter, weil sie so tut, als wäre überhaupt nichts passiert! Und wenn es stimmt, dass sie etwas über meinen Vater weiß, was uns weiterhelfen könnte, dann finde ich es noch schlimmer, wie sie sich verhält.«

»Es ist doch gar nicht sicher, dass sie etwas weiß.«

»Das weiß ich auch. Aber du hast doch selbst gesagt ...«

»Das sind doch alles nur Vermutungen, Ana-Laura. Warum nimmst du denn alles so ernst, was ich sage?«

»Das frage ich mich auch.«

Ich hatte keine Lust mehr, mich mit Oliver zu unterhalten. Ich nehme alles ernst, was er sagt? Was bildete der sich eigentlich ein?

Da saßen wir nun und schwiegen uns an. Irgendwann läutete das Telefon. Ich kümmerte mich nicht darum. Wenn es etwas in Papas Vergangenheit gab, das Oma und Mama mir nicht sagen konnten oder wollten, musste ich es eben auf andere Weise herausfinden. Mir war schon auf dem Heimweg vom Pflegeheim ein Gedanke gekommen. Ich hatte ihn gleich wieder verworfen. Doch nun war ich entschlossen, das zu tun, weshalb Oma mich sowieso schon verdächtigt hatte.

»Ich gehe morgen zur Wohnung meiner Oma«, sagte ich laut.

Oliver schreckte hoch und sah mich mit großen Augen an. »Was willst du denn da?«

»Ich will wissen, warum meine Großmutter Angst davor hatte, dass wir etwas aus ihrer Wohnung geholt haben.«

»Wir haben doch gar nichts ...«

»Eben. Darum muss es ja noch dort sein. Also gehen wir hin und versuchen herauszufinden, was es ist.«

»Und wie willst du hineinkommen?«

»Meine Mutter hat einen Schlüssel. Sie geht einmal in der Woche dorthin, um nach dem Rechten zu sehen und zu putzen. Was ist? Kommst du mit?«

Bevor Oliver antworten konnte, klopfte es an der Tür. Mein »Herein« kam mehr aus Gewohnheit, als dass ich es tatsächlich meinte.

Es war Peter. »Tut mir einen Gefallen und eßt mit uns. Susanne hat sich so viel Mühe damit gemacht.«

»Warum kommt sie denn nicht selber?«, fragte ich gereizter, als Peter es verdient hätte.

»Sie telefoniert.«

Ich sah Oliver an. Sein Blick war unmissverständlich: »Bitte keinen Ärger!«

Als wir ins Wohnzimmer kamen, stand Mama vor dem Telefon und starrte es an, als könne sie nicht glauben, was sie gerade gehört hatte. Ohne uns zu beachten, ging sie ins Esszimmer und deckte den Tisch. Die Sätze, die während des Essens gesprochen wurden, hätte man an einer Hand abzählen können. Mama sagte nicht ein Wort. Dahinter steckte mehr als unser Streit.

Irgendwann hielt es Peter nicht mehr aus. »Sag mal, was ist eigentlich mit dir los?«

»Was soll mit mir sein? Gar nichts ist los!«

Peter ließ sich nicht beirren. »Hat es etwas mit dem Anruf von vorhin zu tun?«

»Tu mir einen Gefallen, Peter. Lass uns über etwas anderes reden.«

Plötzlich wusste ich es: »Es geht um Oma, stimmt's?«

Das war zu viel für Mama. »Es geht weniger um Oma als um dich, Ana-Laura! Um dich und Oliver! Was, um alles in der Welt, ist in euch gefahren?«

Bei Olivers Namen war Peter hellhörig geworden. »Oliver und Ana-Laura? Kann mir jetzt endlich jemand verraten, was los ist? Ich bin scheinbar der einzige, der keine Ahnung hat, worum es geht!«

»Die beiden haben heute Nachmittag meine Schwiegermutter besucht. Sie lebt seit einem Schlaganfall in einem Pflegeheim. Eine ihrer Pflegerinnen hat vorhin angerufen.«

»Und darüber bist du so entsetzt?«

»Die Pflegerin sagte, dass meine Schwiegermutter nach dem Besuch sehr aufgeregt war. Sie hat sich kaum beruhigen können.«

»Warum? Hat sie sich über Oliver und Ana-Laura geärgert?«

Mama achtete nicht auf Peter. Sie sah mich mit starren

Augen an. »Ich dachte immer, dass ich mich auf dich verlassen könnte, Ana-Laura«, sagte sie leise.

»Ich weiß, dass du sauer darüber bist, Mama. Aber bestimmt verstehst du uns, wenn du weißt, warum wir bei Oma waren.«

Ich wunderte mich selbst darüber, wie ruhig ich war. Auch wenn ich vorher Angst davor gehabt hatte, jetzt war ich froh, dass ich endlich reden konnte. Ich hatte die Heimlichkeiten schon lange satt. Und außerdem konnte Mama nun nicht mehr sagen, dass ich mir den Mann im Taxi nur eingebildet hatte.

»Ich will nichts davon hören!«, schrie sie mich an.

»Und warum nicht? Glaubst du mir nicht, oder verheimlichst du mir etwas? Warum sagt mir eigentlich niemand die Wahrheit? Ich bin doch kein Baby mehr!«

Bevor Mama etwas sagen konnte, mischte Oliver sich ein. »Hat die Pflegerin denn auch gesagt, warum sich Ana-Lauras Oma so aufgeregt hat?«

»Oliver, du hast doch gehört, dass sie nichts davon hören will.«

»Nein, nein, Peter, lass ihn ruhig. Ich möchte schon wissen, wie er das gemeint hat.«

Ich hätte sauer darüber sein müssen, dass Mama allen anderen eher zuhörte als mir. In diesem Fall war es mir allerdings recht so.

»Das kann ich so schlecht erklären. Dazu müsst ihr die ganze Geschichte hören.«

Mama sah Peter an. »Also gut«, schnaufte sie, als der sich nicht rührte.

Ich ließ Oliver reden, ohne ihn zu unterbrechen. Er berichtete über unsere Erlebnisse der letzten beiden Tage, als würde er einen Film nacherzählen. Es half. Mama hörte ihm zu.

»Die Pflegerin hat sich jedenfalls seltsam benommen. Sie hat sich überhaupt nicht darüber gewundert, dass sich Ana-Lauras Oma so über das harmlose Wörtchen Tango aufgeregt hat. Sie weiß sicher mehr darüber, als sie uns gesagt hat.«

Und vielleicht nicht nur sie, dachte ich. Aber ich sagte nichts. Ich wollte keinen neuen Streit heraufbeschwören. Außerdem war das eine Sache zwischen ihr und mir. Ich würde noch Gelegenheit haben, sie darauf anzusprechen. Und auch auf das, was mir noch viel mehr zu schaffen machte: Hatte Papa eine Geliebte?

»Hat sie denn am Telefon diesen Tango erwähnt?«, wollte Peter wissen.

»Nein. Sie hat nur gesagt, dass sie sich sehr aufgeregt hätte und dass ich darauf achten soll, dass die Kinder sie nicht mehr allein besuchen.«

»Das hat sie gesagt!« rief ich. »Diese blöde Kuh! Und überhaupt, was heißt hier eigentlich Kinder?«

Mama sah mich an. »Reg dich wieder ab, Ana-Laura. Du wolltest doch über alles reden. Das tun wir doch jetzt, oder?«

Ich nickte.

»Was ich noch viel weniger verstehe als die Sache mit dem Tango, ist, dass Oma behauptet hat, ihr wärt in ihrer Wohnung gewesen und hättet dort herumgeschnüffelt.«

Zum Glück glaubte Mama nicht auch noch, dass Oma damit recht hatte, jedenfalls noch nicht. Endlich konnte man wieder vernünftig mit ihr reden. »Ja, hat sie. Und außerdem hat sie immer von einer Blauen geredet, die uns angeblich etwas verraten hätte. Und das alles nur, weil wir sie gefragt haben, ob Papa gern Tango gehört hat. Dann hat sie noch gesagt, dass Papa bei ihr gewesen ist. Siehst du denn jetzt ein, dass wir herausfinden müssen, wer dieser Mann im Taxi war?«

»Papa?« rief Mama. »Bei ihr? Bist du sicher, Ana-Laura?«

»Das stimmt«, meldete sich Oliver. »Das habe ich auch gehört. Aber ich habe gedacht, dass sie sich das eingebildet hat. Ana-Laura hat mir erzählt, dass sie Vergangenheit und Gegenwart nicht mehr richtig auseinanderhalten kann.«

»Das denke ich auch, Oliver. Sicher hat ihr ihre Erinnerung einen Streich gespielt.«

»Sicher, Mama? Bist du wirklich sicher? Und selbst wenn sie es sich eingebildet hat. Das andere stimmt doch! Reicht dir das immer noch nicht? Willst du mich nicht verstehen?«

»Ich verstehe dich! Das musst du mir glauben. Ich habe nur Angst, dass du einem Hirngespinst nachläufst. Bestimmt ist dieser Mann aus dem Taxi ein harmloser Doppelgänger von Papa.«

»Und das Naserubbeln? Ist das etwa auch harmlos?«

»Welches Naserubbeln?«, fragte Peter dazwischen.

Ich erklärte es ihm.

Mama war immer noch nicht überzeugt. »Trotzdem, Ana-Laura ...«

»Ich mache dir einen Vorschlag«, unterbrach Peter Mama, »ich glaube, dass deine Mutter das alles erst einmal verarbeiten muss, Ana-Laura. Lasst uns darüber schlafen. Später reden wir noch einmal in Ruhe darüber. Aber bis dahin müsst ihr mir versprechen, dass ihr nichts unternehmt. Okay?«

Ich sah Oliver an. Doch der zuckte nur mit den Schultern. »Okay.« Und dieses Mal meinte ich es wirklich ernst.

»Und was ist mit dir?«, fragte Peter Mama.

Es dauerte eine Weile, bis sie nickte.

Nach dem Essen spielten wir tatsächlich noch Karten. Es machte mir sogar Spaß. Ich war richtig froh, dass ich auch einmal an etwas anderes als an den Mann im Taxi denken konnte.

Als Peter und Oliver sich verabschiedet hatten, verzog ich mich gleich in mein Zimmer. Ich war hundemüde. Trotzdem konnte ich nicht einschlafen. Ich wälzte mich eine Weile im Bett herum. Ich stand auf, um mir ein Glas warme Milch zu machen. Das hilft immer. Gerade als ich in die Küche kam, klopfte jemand an die Wohnungstür.

Ich wollte schon hinlaufen und nachsehen. Doch ich tat es nicht, sondern blieb in der dunklen Küche stehen und wartete ab.

Es klopfte noch einmal. »Ja, ja, ich komm ja schon«, hörte ich Mama murmeln. Ich konnte sie nicht sehen. Trotzdem wusste ich, gleich nachdem sie die Tür geöffnet hatte, wer davor stand.

»Du? Was ist los? Hast du etwas vergessen? Und warum läutest du nicht?«

»Ich habe nichts vergessen«, flüsterte Peter. »Darf ich hereinkommen?«

»Sicher. Warum flüsterst du denn?«

»Weil ich nicht will, dass Ana-Laura uns hört.«

Das konnte ja interessant werden.

»Warum denn nicht?«, flüsterte Mama zurück.

Sie waren inzwischen ins Wohnzimmer gegangen. Ich schlich

hinter ihnen her. Zum Glück hatten sie die Tür offenstehen lassen.

»Was soll das, Peter? Warum tust du so geheimnisvoll?«

»Das hat mit geheimnisvoll nichts zu tun. Ich will nur in Ruhe mit dir reden, ohne die Kinder. Oliver habe ich gesagt, dass ich noch etwas spazieren gehen will.«

»Und was willst du mit mir bereden?«

»Kannst du dir das nicht denken? Dir hat die Geschichte, die Oliver erzählt hat, doch auch zu denken gegeben, oder?«

»Sicher. Nur hast du doch den Vorschlag gemacht, dass wir erst darüber schlafen sollen.«

»Schon, aber vorher wollte ich mit dir reden. Ich habe nämlich vor, der Sache auf den Grund zu gehen.«

Ich hielt mir die Hand vor den Mund, sonst hätte ich geschnauft oder geschrien oder sonst ein Geräusch von mir gegeben. Das durfte nicht wahr sein! Eine solche Hinterhältigkeit hätte ich Peter nicht zugetraut.

»Was soll das denn heißen?« rief Mama flüsternd.

»Dass ich Klarheit haben will. Was ist, wenn dein Mann wirklich noch lebt?«

»Peter! Glaubst du denn tatsächlich ...«

»Ich weiß nicht, was ich glaube. Darum will ich die Wahrheit herausfinden.«

»Die Wahrheit! Und was machst du, wenn du sie herausgefunden hast?«

»Das werden wir dann schon sehen. Sag mal, willst du es denn nicht wissen?«

»Ich – ich weiß nicht. Wenn er, ich meine, hast du schon einmal darüber nachgedacht, was aus uns werden soll, wenn

Ana-Laura tatsächlich recht hätte? Ich wäre immer noch mit ihm verheiratet. Und nicht nur das. Ich habe ihn sehr geliebt. Als er diesen Unfall hatte, wusste ich nicht, wie ich darüber hinwegkommen sollte.«

»Das weiß ich, Susanne. Du hast ja nie etwas anderes behauptet. Ich habe dir das immer sehr hoch angerechnet. Vor allem weil mir Olivers Mutter auch sehr viel bedeutet hatte. Nur hat das mit unseren Gefühlen nichts zu tun.«

»Natürlich hat es das nicht. Aber nur, weil sie nicht mehr leben, so schlimm es auch ist. Mein Leben hat sich verändert. Ich möchte mit dir zusammen sein. Mit dir, Ana-Laura und Oliver. Wenn er tatsächlich noch lebte, müsste ich mich zwischen euch entscheiden. Und das könnte ich nicht. Das könnte ich einfach nicht. Ich habe solche Angst davor, dass die alten Wunden wieder aufreißen. Und alles nur auf Ana-Lauras vage Vermutung hin. Verstehst du das?«

»Ich glaube schon. Ich habe daran denken müssen, wie ich wohl reagieren würde, wenn Oliver zu mir käme und mir erzählte, er hätte seine Mutter gesehen. Trotzdem bin ich davon überzeugt, dass es mehr als eine vage Vermutung ist. Wir sollten versuchen, herauszufinden, was es mit dieser Geschichte auf sich hat.«

»Um dir meiner sicher zu sein?«, fragte Mama leise.

»Nein, das ist es nicht. Es mag sich jetzt herzlos anhören, aber ich möchte, dass wir entweder sicher sind, dass er noch lebt, oder dass kein Zweifel mehr daran besteht, dass er bei diesem schrecklichen Unfall ums Leben gekommen ist. Wenn wir dem nicht auf den Grund gehen, werde ich nie mehr das Gefühl los, dass er zwischen uns steht.«

Eine ganze Weile hörte ich nichts mehr.

»Was willst du also tun?«, fragte Mama schließlich.

Mein Herz klopfte bis zum Hals. Als Peter gekommen war und ich hörte, dass er mit Mama über den Mann im Taxi hinter Olivers und meinem Rücken reden wollte, war ich wütend. Doch jetzt wusste ich nicht mehr, was ich fühlte. So hatte ich das noch nicht gesehen. Ich hatte Mama und Peter in eine schreckliche Lage gebracht. Aber eigentlich war ich es doch gar nicht gewesen. Es war dieser Mann im Taxi! Und jetzt glaubte auch Peter und scheinbar auch Mama, dass er etwas mit Papa zu tun hatte. Das war es doch, was ich gewollt hatte, oder?

»Wir können doch nicht mit einem Foto in der Stadt herumlaufen und fragen, ob jemand ihn gesehen hat«, sagte Mama, als Peter ihr nicht antwortete.

»Bitte versteh mich nicht falsch, Susanne. Ich habe das Gefühl, dass die Kinder recht damit haben, dass die Lösung in der Vergangenheit deines Mannes zu suchen ist. Und wenn deine Schwiegermutter tatsächlich etwas in ihrer Wohnung versteckt hat ...«

»Du willst doch wohl nicht verlangen, dass ich in der Wohnung meiner Schwiegermutter herumstöbere?«

»Susanne! Ich verlange gar nichts von dir! Aber wenn wir uns dazu entschließen, die Wahrheit herauszufinden, müssen wir doch dort beginnen, wo es am wahrscheinlichsten ist, dass wir sie erfahren. Oder willst du deine Schwiegermutter selber fragen?«

»Das geht auf gar keinen Fall!« rief Mama. »Dazu ist ihr Gesundheitszustand viel zu schlecht. Jede Aufregung kann sie umbringen. Ich glaube, ich würde es auch gar nicht fertigbringen, sie das zu fragen. Die Pflegerin, die vorhin anrief, hat außerdem gesagt, dass es ihr in letzter Zeit besonders schlecht geht.«

»Damit bleibt nur die Wohnung.«

»Also gut«, seufzte Mama. »Wann willst du gehen?«

»Morgen geht es nicht. Ich muss zu einem Kunden. Das wird sehr lange dauern. Wir könnten uns übermorgen vor der Wohnung deiner Schwiegermutter treffen, gleich nach der Arbeit. So erfahren die Kinder nichts davon. Wir können ihnen ja später davon erzählen.«

»Warum willst du eigentlich ohne sie gehen?«, wollte Mama wissen.

»Wegen Ana-Laura.«

»Ihretwegen? Warum ausgerechnet ihretwegen.«

Das interessierte mich allerdings auch. Ich hielt den Atem an.

»Weil ich Angst habe, dass sie es nicht durchsteht. Hast du nicht gesehen, wie sie die ganze Sache mitnimmt? Sie ist völlig mit den Nerven runter. Und wir wissen nicht, was wir in der Wohnung finden. Wenn, dann ist es besser, wir sehen es vor ihr. Dann haben wir die Chance, es ihr schonend beizubringen.«

So angestrengt ich auch lauschte, ich hörte Mamas Antwort nicht.

Erst als Peter sagte: »Also gut, dann machen wir es so«, wusste ich, dass sie genickt hatte.

Ich stand da wie gelähmt. Fast hätte ich vergessen, mich zu verstecken, als Peter und Mama aus dem Wohnzimmer kamen.

Im letzten Augenblick verschwand ich hinter der Küchentür. Als Peter sich verabschiedet hatte, ging Mama zurück ins Wohnzimmer. Ich konnte unbemerkt in mein Zimmer.

Ich ließ mich auf mein Bett fallen. Eigentlich hätte ich sauer sein müssen. Peter und Mama hatten Oliver und mich hintergangen und dann wieder das ›Armes-Mädchen‹-Getue. Ich verkrafte es nicht! Total mit den Nerven runter! Sicher war ich das. Aber hatte ich nicht das gleiche Recht wie sie? Schließlich ging es um meinen Vater! Doch ich war nicht sauer. Ich war nur traurig. So traurig, dass ich hätte heulen können. Warum, hätte ich damals nicht sagen können. Und ich kann es heute immer noch nicht. Ich hatte das Gefühl, als würde mein Leben total umgekrempelt werden.

Obwohl ich erst sehr spät eingeschlafen war, wurde ich wach, bevor Mama aufstand. Ich blieb in meinem Zimmer, bis sie zur Arbeit gegangen war. Am liebsten hätte ich mir die Decke über den Kopf gezogen und wäre den ganzen Tag im Bett geblieben. Doch ich musste noch Oliver anrufen. Ich hatte mir lange überlegt, ob ich ihm von dem Gespräch zwischen Mama und Peter erzählen sollte. Doch ich brauchte noch Zeit, um mit mir selber klarzukommen. Und dazu musste ich allein sein. Wieder stand ich vor dem Telefon und versuchte, mir die passende Erklärung zurechtzulegen. In dem Augenblick klingelte das Telefon. Ich brauchte einen Augenblick, um mich von dem Schrecken zu erholen, bevor ich mich melden konnte. Es war Oliver.

»Hallo, Oliver«, begrüßte ich ihn. Im gleichen Augenblick merkte ich, dass sich das nicht sehr freundlich angehört hatte, obwohl ich dafür keinen Grund hatte.

Die Reaktion kam auf der Stelle: »Hast du was?«

»Nee.«

»Ich weiß, dass wir uns erst für heute Nachmittag verabredet haben, aber ich wollte dich fragen, ob wir uns nicht schon eher treffen könnten. Wir sollten das mit der Wohnung deiner Oma noch mal besprechen.«

Für die Antwort brauchte ich einen langen Anlauf. »Du, Oliver, sei mir nicht böse, aber ich glaube, ich möchte heute nicht zu Omas Wohnung. Und ehrlich gesagt, würde ich heute gerne zu Hause bleiben – allein. Wir können uns ja dafür morgen etwas früher treffen.«

»Allein sein willst du also. Na gut«, hörte ich Oliver am anderen Ende der Leitung sagen. Sehr überzeugend klang es nicht, aber auch nicht beleidigt. So war ich einigermaßen zufrieden, als ich den Hörer wieder auflegte. Ganz ehrlich war ich allerdings nicht zu Oliver gewesen. Ich hatte mir für diesen Morgen vorgenommen, etwas einzukaufen.

Die Verkäuferin im Musikgeschäft sah mich an, als hätte ich nicht alle Tassen im Schrank, als ich nach einer argentinischen Tango-Platte verlangte. Ich hatte mich ja auch noch nie dafür interessiert, bis vor zwei Tagen. Dass mir die Musik gefallen würde, konnte ich mir auch nicht vorstellen. Trotzdem beeilte ich mich, wieder nach Hause zu kommen. Ich wollte unbedingt die Musik hören, die wie ein Gespenst immer wieder auftauchte, wenn wir uns ein Stückchen näher an den Mann im Taxi herangetastet hatten.

Da niemand zu Hause war, konnte ich die Stereoanlage so weit aufdrehen, wie ich wollte. Beim ersten Mal war es so, wie ich erwartet hatte. Ich hatte keine Beziehung zu dieser Musik.

Sie war sehr gewöhnungsbedürftig. Und doch war da etwas, das ich nicht beschreiben, nur fühlen konnte. Immer und immer wieder hörte ich mir die Platte an. Allmählich begriff ich. Es war wie ein Tanz auf dem Seil, die Stimmung schwankte immer wieder fast unmerklich zwischen Traurigkeit und Lebensfreude, so als wenn es regnet und gleichzeitig die Sonne scheint. Obwohl ich sie nur hören konnte, wusste ich, wie sehr sich die Musiker mit dem Tango identifizierten. Sie versuchten, alle ihre Gefühle durch ihre Musik auszudrücken. Je länger ich zuhörte, desto mehr wollte ich. Es war, als würde ich süchtig danach. Diese Musik war so, wie ich mich fühlte, so wie ich mich am Abend zuvor gefühlt hatte, als ich begriff, was der Mann im Taxi für Peter und vor allem für Mama bedeuten konnte. Darüber war ich so traurig, dass ich mir wünschte, ich hätte dieses Taxi nie gesehen. Und doch hoffte ich, dass Papa noch lebte, und ich freute mich, dass Mama durch Peter wieder glücklich geworden war. Auch Oliver war ein Grund, mich zu freuen. Auch wenn er nicht gerade mein Traumjunge war, ich wusste, dass ich mich auf ihn verlassen konnte. Doch dann waren plötzlich die Bilder von Papa wieder da: die Sonntagsausflüge, die Kissenschlachten, seine Späße – und der Tag, als wir von seinem Unfall erfuhren. Meine Gedanken waren wie die Musik: Tangogefühl.

Als Mama von der Arbeit zurückkam, muss sie gedacht haben, ich sei verrückt geworden. Ich hatte mich in mein Zimmer eingeschlossen. Wie laut die Stereoanlage dröhnte, merkte ich erst, als Mama auf der anderen Seite der Tür stand und schrie, ich sie aber kaum verstehen konnte.

»Ana-Laura! Was ist in dich gefahren? Willst du uns die

ganze Nachbarschaft auf den Hals hetzen? Stell sofort die Musik leiser. Nun schließ endlich die Tür auf! Mein Gott, Kind! Was ist mit dir los?«

»Lass mich in Ruhe!«, schrie ich zurück. Ich war nicht sauer darüber, dass sie mit Peter allein in Omas Wohnung gehen wollte. Sollte sie doch. Ich wollte einfach nicht, dass sie mein Tangogefühl störte.

»Nein! Du kommst sofort aus dem Zimmer!«

»Und wenn nicht?«

»Was soll denn das? Peter und ich haben dir doch versprochen, dass wir uns um deine Geschichte kümmern.«

»Das ist keine Geschichte! Und dass ihr euch kümmert, kann ich mir gut vorstellen.«

»Was soll das denn schon wieder?«

Nun packte mich doch wieder die Wut. Ich riss die Tür auf. »Das heißt, dass ihr in Omas Wohnung herumschnüffeln wollt. Nur uns wollt ihr nicht mitnehmen. Wir sind ja auch nur die blöden Kinder!«

Mama verschränkte die Arme vor der Brust, seufzte und sah an die Decke. Ich hasse das!

»Das ist es also. Du hast gestern Abend gelauscht, stimmt's?«

»Das war nicht nötig. Ihr seid laut genug gewesen.«

»Versteh doch, Ana-Laura. Wir wollten doch nur ...«

»Jetzt sag nicht, ihr wolltet nur mein Bestes!«, schrie ich sie an. Ich wollte die Tür wieder zuschlagen, doch Mama hielt sie fest.

»Es reicht, Ana-Laura! Ich sehe ja ein, dass du wütend bist. Und ich sehe auch ein, dass es nicht richtig war, dir die Sache mit Omas Wohnung zu verheimlichen. Aber kannst du mich nicht auch verstehen? Ich weiß nicht, ob ich hoffen soll, oder ob ich Angst davor haben soll, dass Papa noch lebt.«

Meine ganze Wut, mein Tangogefühl brach zusammen wie ein Kartenhaus. »Ich weiß es doch auch nicht. Das ist es ja gerade.«

Mama nahm mich in die Arme. Ich ließ sie. Wenn ich sie jetzt nicht fragte, würde ich es nie tun. »Mama?«

»Was ist, mein Schatz?«

»Weißt du etwas von Papa, das du mir verheimlicht hast?«

Mama nahm meine Schultern und rückte mich so weit von sich ab, dass sie mir in die Augen sehen konnte. »Verheimlichen? Was sollte ich dir denn verheimlichen? Meinst du etwas Bestimmtes?«

»Nein. – Ja, doch. Wenn Papa noch lebt, aber sich trotzdem nicht bei uns gemeldet hat, dann muss das doch einen Grund haben.«

»Worauf willst du hinaus, Ana-Laura?«

»Hatte Papa eine Freundin, Mama? Ich meine, eine Geliebte.«

Ich glaube, Mama wusste nicht, ob sie weinen oder lachen sollte. Sie drückte mich wieder an sich.

»Ach, Liebes. Ich weiß nicht, wer dieser Mann im Taxi ist oder was er mit Papa zu tun hat, und ich weiß auch nicht, was genau in Argentinien passiert ist. Aber eines weiß ich sicher: Eine Freundin oder, wie du sagst, Geliebte hatte er nicht. Dazu haben wir uns zu sehr geliebt, und dazu kannte ich Papa viel zu gut.«

An dem Abend saßen Mama und ich wieder auf meinem Bett, haben geheult und uns getröstet. So wie damals, als wir erfahren hatten, dass Papa tot war.

## 5. Kapitel

Während des Frühstücks mit Mama hatte ich das Gefühl, mich schon ewig nicht mehr so gut gefühlt zu haben. Kaum dass ich mit dem Essen fertig war, rief ich Oliver an, denn ich musste unsere Verabredung wieder verschieben. Doch dieses Mal hatte ich kein schlechtes Gewissen. Trotzdem schloss ich die Tür zum Wohnzimmer hinter mir. Mama musste nicht alles hören. Als erstes erzählte ich ihm von Mamas und Peters »Verschwörung«.

Oliver war entsetzt. »Und sie wollten tatsächlich ohne uns gehen? Ich hatte mich schon gewundert, dass er um diese Zeit in der Gegend herumlaufen wollte. Das hatte er vorher noch nie gemacht. Wenn ich geahnt hätte, dass er uns so hintergehen will!«

Ich musste leise lachen. Wenn er sich aufregt, ist Oliver richtig süß. »Nun krieg dich wieder ein. Es ist ja alles geklärt. Sie nehmen uns mit. Das habe ich gestern mit Mama vereinbart. Wir wollen uns mit euch vor Omas Wohnung treffen, wenn Peter Feierabend hat.«

»Wir? Mit uns?« wiederholte er ungläubig.

»Ja, deshalb rufe ich auch an. Mama und ich haben gestern Abend nämlich etwas beschlossen.«

»Noch 'ne Überraschung? Eigentlich reicht es mir.«

»Darüber denkst du garantiert anders, wenn du hörst, was wir beschlossen haben. Wir wollen nämlich noch mal zu Papas früherem Arbeitskollegen gehen.«

»Zu Amann? Was wollt ihr denn da?«

Ich zögerte einen Augenblick, weil ich nicht wusste, wie ich es Oliver sagen sollte. Von meinem Tangogefühl und meiner Versöhnung mit Mama konnte ich ihm noch nicht erzählen. So vertraut war er mir noch lange nicht. »Ich habe meine Mutter gestern gefragt, ob mein Vater eine Geliebte hatte«, sagte ich schließlich so kühl ich konnte.

»Was hast du?« rief Oliver, dass ich beinahe den Hörer fallen ließ. »Warum hast du das gemacht?«

»Das erzähle ich dir später einmal. Ist jetzt auch nicht so wichtig. Jedenfalls hat sie mich davon überzeugt, dass sie nichts über Papa weiß und dass er auch keine Freundin hatte. Und darum muss es einen anderen Grund geben, warum dieser Amann so seltsam reagiert hat. Und jetzt halte dich fest: Sie hat den Vorschlag gemacht, noch einmal mit ihm zu reden.«

»Dann ist sie jetzt also endlich davon überzeugt, dass an der ganzen Sache etwas nicht stimmt.«

»Kann sein. Jedenfalls hat sie heute Morgen in der Firma angerufen und sich einen freien Tag genommen.«

»Ihr geht sicher allein«, meinte Oliver. Obwohl es eine Feststellung und keine Frage war, konnte ich deutlich hören, dass er hoffte, ich würde ihm widersprechen.

Den Gefallen tat ich ihm nicht. »Ja«, antwortete ich nur. »Aber wir sehen uns ja dann vor der Wohnung meiner Großmutter. Peter hat die Adresse.«

»Alles klar.« Das klang wenig überzeugend. »Aber heute Nachmittag musst du mir genau berichten, was er euch erzählt hat.«

Ich versprach es ihm.

Ich habe selten jemanden gesehen, der so überrascht war wie Herr Amann, als Mama und ich auf seinen Schreibtisch zusteuerten. Vielleicht etwas zu überrascht. Er sprang auf und lief uns mit ausgestreckter Hand entgegen. »Guten Morgen, Frau Steiner, hallo, Ana-Laura. Ich hätte nicht gedacht, dich so schnell wieder zu sehen. – Was kann ich für Sie tun?«, fragte er Mama.

»Ana-Laura hat Sie vor drei Tagen besucht.«

»Ja, das stimmt. Ich hoffe, Sie waren ihr nicht böse. Ich habe mich sehr über ihren Besuch gefreut.«

»Böse? Nein, das nicht. Ich möchte Sie nur noch einmal sprechen. Können wir uns irgendwo ungestört unterhalten?«

Herr Amann sah Mama einen Augenblick skeptisch an. Doch dann lächelte er wieder, und ein paar Minuten später saß ich wieder in dem Besprechungsraum.

»Ich muss gestehen, dass ich neugierig geworden bin, Frau Steiner. Warum wollen Sie mich sprechen?«

»Es geht um den Unfall meines Mannes, wie Sie sich denken können. Genauer gesagt, um diesen mysteriösen Kunden, den mein Mann getroffen haben soll.«

»Soll? Er hat ihn getroffen.«

»Woher wissen Sie das? Haben Sie ihn gesehen?«

»Nein, das nicht, aber Ihr Mann hat es mir gesagt.«

»Was hat er Ihnen gesagt?«

»Nun, dass er einen Kunden treffen wollte.«

»In diesem Hotel?«

»Ja, genau.«

»Und er hat Ihnen nicht gesagt, wie dieser Mann hieß?«

»Nein, Frau Steiner, das hat er leider nicht. Aber das habe ich Ihnen doch schon damals gesagt.«

Ich wunderte mich über Mama. Sie war unerbittlich. Herr Amann wurde nervös. Das konnte man auf einen Kilometer Entfernung sehen.

»Hat er Ihnen denn erzählt, für welche Firma er gearbeitet hat? Oder was er kaufen wollte. Und warum hat er sich nie wieder gemeldet? Das ist doch ungewöhnlich. Aber vor allem kann ich mir nicht vorstellen, dass sich mein Mann mit einem Kunden in einem solchen Hotel getroffen hat. Wenn ich das richtig in Erinnerung habe, war es nicht gerade das beste Hotel. Damals habe ich nicht weiter darüber nachgedacht. Kurz nach dem Unfall war mir alles gleichgültig. Heute denke ich anders darüber. Wenn ich ganz ehrlich bin, Herr Amann, habe ich den Verdacht, dass Sie mir etwas verschweigen.«

Herr Amann rutschte auf seinem Sessel herum. »Aber warum, Frau Steiner? Warum sollte ich Ihnen etwas verschweigen?«

»Herr Amann, bitte! Auch wenn es vielleicht schmerzlich für mich sein sollte. Ich muss es wissen!«

Papas Kollege ließ sich in seinem Sessel zurückfallen und sah zur Decke. »Mein Gott! Können Sie denn nicht einfach alles auf sich beruhen lassen? Warum kommen Sie zu mir nach der langen Zeit?«

»Weil ich die Wahrheit wissen will.«

Herr Amann rutschte so plötzlich nach vorn auf die Sesselkante, dass ich erschrocken zurückwich. »Also gut. Dann sage ich Ihnen die Wahrheit. Auch wenn Sie mich damit in Schwierigkeiten bringen, obwohl ich nur das Beste für Sie und Ihre Tochter wollte.«

»In Schwierigkeiten? Sie?«

»Ja, mich! Sie haben recht. Ihr Mann hat sich mit keinem Kunden getroffen.«

»Mit wem denn dann?« platzte es aus mir heraus.

»Das weiß ich nicht, Ana-Laura. Ich weiß nur, dass es ein privates Treffen war. Einige Tage vor dem Unfall machte er mir gegenüber einige Andeutungen, an die ich mich später erinnerte. Er sagte, dass er jemanden suche, der etwas mit seiner Vergangenheit zu tun hat. Wahrscheinlich hat er sich deshalb in diesem Hotel ein Zimmer genommen. Mehr weiß ich nicht.«

»Warum haben Sie das denn nicht früher gesagt?«, fragte Mama. Ihre Stimme zitterte.

»Wegen der Versicherung. Ich hatte damals geglaubt, dass die Unfallversicherung, bei der wir auf Dienstreisen versichert sind, nur dann zahlt, wenn es ein Arbeitsunfall ist. Ich war mir nicht ganz sicher, ob der Unfall Ihres Mannes ein Arbeitsunfall war. Und darum habe ich die Geschichte mit dem unbekannten Kunden erzählt. Später musste ich dann dabei bleiben. Ich hoffe, Sie verraten mich nicht.«

Mama schüttelte den Kopf. »Keine Angst, das tun wir nicht, obwohl Ihre Geschichte nicht notwendig gewesen wäre. Die Versicherung hätte auf jeden Fall gezahlt.«

»Hat mein Vater sonst nichts gesagt?« rief ich dazwischen.

»Nein. – Das heißt, er hat mich noch etwas gefragt, auf das ich mir bis heute keinen Reim machen kann.«

»Was denn?«

»Er fragte mich, ob ich mich mit Tango auskenne.«

»Kannst du dir vorstellen, wen Papa in Argentinien gesucht hat?«, fragte ich Mama, als wir schon wieder im Auto saßen.

Mama schüttelte nur den Kopf.

»Und das mit dem Tango ist auch kein Zufall. Das glaubst du mir jetzt doch, oder?«

»Ich weiß allmählich nicht mehr, was ich glauben soll. Und ich weiß auch nicht, ob das richtig ist, was wir tun.«

»Willst du nicht mehr zu Omas Wohnung fahren?«

»Doch. Ich habe es euch ja versprochen. Aber besonders wohl ist mir nicht dabei.«

Mir ging es nicht viel besser. Aber das sagte ich Mama nicht.

Oliver und Peter warteten schon auf uns. Peter wusste nicht, wo er hinsehen sollte, als ich ihn begrüßte. In einer Beziehung sind sich Vater und Sohn sehr ähnlich: Man sieht ihnen ihre Gefühle an der Nasenspitze an. Auf Peters Nasenspitze stand: schlechtes Gewissen. Wahrscheinlich hatte Oliver ihm mächtig zugesetzt.

Mama rettete ihn. »Lasst uns hineingehen und es schnell hinter uns bringen. Es ist mir so schon peinlich genug, da müssen wir nicht auch noch wer weiß wie lange vor der Tür herumstehen.«

Oliver und ich gingen ein paar Stufen hinter Mama und Peter die Treppe zu Omas Wohnung hinauf. Dabei erzählte ich ihm leise von Herrn Amanns Schwindel mit dem angeblichen Kunden und Papas Bemerkung über Tango.

»Das wird ja immer unheimlicher«, flüsterte mir Oliver zu.

In Omas Wohnung roch es muffig. Mama riss alle Fenster auf. Es nutzte nichts. Ich konnte einfach nicht glauben, dass ich früher so gerne hier gewesen war. Ohne Oma waren die Zimmer nichts weiter als ein Sammelsurium alter Möbel und ein unüberschaubares Durcheinander an Krimskrams, der sich in vielen Jahren angesammelt hatte.

Ich weiß nicht, aus welchem Grund ich mir vorgestellt hatte, dass wir kühl und zielstrebig Omas Schränke nach Hinweisen auf Papas Vergangenheit durchsuchen würden. Nun war alles anders. Bei jeder Tür, die ich öffnete, jeder Schublade, die ich aufzog, hatte ich das Gefühl, Omas intimste Geheimnisse und Gefühle zu verletzen. Oliver und Peter hatten verständlicherweise weniger Hemmungen als ich, obwohl auch sie sehr still und vorsichtig suchten. Dafür rührte Mama sich überhaupt nicht. Sie saß unbeweglich auf einem Stuhl und sah aus dem Fenster. Ich bin sicher, dass sie in dem Augenblick bereut hat, ihr Einverständnis gegeben zu haben.

Es war unglaublich, wie viel Kram Oma in ihrer vollgestopften Wohnung aufbewahrte. Ich fand vieles, das ich noch nie vorher gesehen hatte. Und gerade bei diesen Sachen hatte ich ein besonders schlechtes Gewissen. Ich war schon nahe daran, aufzuhören, als ich zwischen alten Rechnung und Garantiescheinen einen größeren Umschlag entdeckte. Es stand nichts darauf, und er war nicht zugeklebt. Irgendetwas hielt mich davon ab, hineinzusehen. So kniete ich auf dem Boden und starrte auf den Umschlag in meiner Hand.

Plötzlich stand Mama hinter mir. »Was hast du da, Ana-Laura?«

Ich hielt ihr den Briefumschlag hin. Sie sah mich einen Augenblick an, nahm ihn dann aber doch und setzte sich wieder an den Tisch. Peter, Oliver und ich stellten uns hinter sie, so dass wir genau sehen konnten, was Oma in diesem Briefumschlag verwahrt hatte. Nacheinander holte Mama ein altes Foto und zwei Briefe heraus.

Oliver sah mich an. »Das ist alles?«

»Warte doch erst einmal ab! – Von wem sind denn die Briefe, Mama?«

Sie antwortete nicht. Statt dessen hielt sie einen der Briefe in der Hand und starrte ihn an, als könne sie nicht glauben, was sie sieht.

»Was ist los, Mama?«

Sie drehte sich zu mir um. »Der ist von Papa«, sagte sie leise, stand auf und ging ans Fenster. Es dauerte lange. Sie muss ihn mindestens dreimal gelesen haben. Endlich kam sie zurück. Ohne ein Wort gab sie Peter den Brief. Warum Peter? Warum nicht mir?

»Darf ich ihn lesen?«, fragte er vorsichtig.

»Warum, glaubst du, habe ich ihn dir sonst gegeben? Lies ihn laut vor. Dann erfahren es die Kinder auch gleich – wenn es überhaupt etwas zu erfahren gibt.«

»Und du bist sicher, dass ich ihn vorlesen soll?«

Mama nickte nur.

»Na gut – Liebe Mama, ich habe in den letzten Tagen mehrmals versucht, Dich zu erreichen, doch ich habe Dich nie angetroffen. Wann schaffst Du dir endlich ein Telefon an? Da ich morgen wieder verreisen muss, schreibe ich Dir. Denn mir ist das, was ich Dir sagen will, sehr wichtig. Ich weiß nicht, was in uns gefahren ist. Ich kann mich nicht erinnern, dass wir uns schon einmal so gestritten haben. Ich kann mir bis heute nicht erklären, warum Du so heftig reagiert hast. Es war doch eigentlich nur eine lächerliche Kleinigkeit. Oder doch nicht? Liebe Mama, wenn ich etwas gesagt haben sollte, das Dich beleidigt hat, dann tut es mir leid, und ich entschuldige mich dafür. Aber ich bitte Dich, mir die Wahrheit zu sagen. Wenn es etwas gibt, das mich betrifft und das Dich so sehr aufregt, muss es auch für mich wichtig sein. Ich bitte Dich, das zu bedenken. Vielleicht habe ich ja während dieser Reise mehr Erfolg. Andererseits weiß ich nicht, ob ich es mir wünschen soll. Doch ich muss es tun. Martin.«

»Seltsam.« Oliver sagte nur dieses eine Wort, aber er sprach mir aus der Seele. Dieser Brief passte überhaupt nicht zu Papa. Ich konnte mir nicht vorstellen, dass er ihn geschrieben hatte. Doch der eigentliche Schock stand mir noch bevor.

»Wann ist der Brief denn geschrieben worden?«, fragte Oliver.

Mama stand mit dem Rücken zu uns. »Zwei Tage vor seiner letzten Reise nach Argentinien.«

Ich musste mich setzen. »Dann hat er diese Reise gemeint? Aber was wollte er da denn herausfinden? Und worüber hat sich Oma aufgeregt? Ich muss es tun! Hast du schon mal gehört, dass Papa so was gesagt hat, Mama?«

»Nein, eigentlich nicht. Aber es muss etwas gewesen sein, das ihn sehr beschäftigt hat. – Warum hat er nicht mit mir darüber geredet!« rief sie plötzlich. Bevor jemand von uns reagieren konnte, rannte sie aus dem Wohnzimmer. Ein paar Sekunden später hörten wir auch die Wohnungstür zuschlagen.

»Was hat sie denn?«, fragte Oliver.

»Kannst du das nicht verstehen?«, fuhr ich ihn an, obwohl ich es eigentlich gar nicht wollte. »Sie ist sauer, dass mein Vater ihr nichts über den Streit mit Oma erzählt hat.«

Peter steckte die Briefe und das Foto wieder in den Umschlag. »Sauer würde ich es nicht nennen, eher enttäuscht.«

»Und der andere Brief?«, fragte Oliver. »Willst du den nicht lesen?«

»Nein. Zumindest nicht jetzt. Susanne soll entscheiden, was wir damit machen. Wir sollten auch gehen.«

Im Hausflur kam uns Omas Nachbarin entgegen. Sie kam vom Einkaufen zurück. Jedenfalls schleppte sie unter Geächze bis zum Bersten vollgestopfte Plastiktüten die Treppe hinauf. Sie wohnte neben Oma, solange ich denken kann. Heute musste sie fast achtzig sein. Als sie uns sah, blieb sie stehen und beäugte uns misstrauisch.

Ich lächelte sie an, so gut es ging. »Guten Tag, Frau Knuth.«

Sie reagierte nicht. Mir fiel ein, dass sie schwerhörig war. »Guten Tag, Frau Knuth!«, schrie ich sie an. »Ich bin's, Ana-Laura!«

Sie kniff die Augen zusammen. Als sie mich erkannte, hellte sich ihr Gesicht auf. »Ach, Ana-Laura, mein Kind. Schön, dich zu sehen. Groß bist du geworden.« Im gleichen Augenblick sah sie Oliver und Peter. Sie bedachte sie mit einem grimmigen Blick.

»Das sind Freunde von mir«, beruhigte ich sie.

»Freunde, so so. Man kann ja nie wissen, heutzutage. Allerhand Gesindel treibt sich da herum. Sogar hier im Haus. Erst gestern habe ich wieder jemanden auf dem Flur gesehen, der nicht hierher gehörte. Eine Frau, riesengroß, mit einem Gesicht wie eine Bulldogge.«

Oliver hielt sich die Hand vor den Mund, und ich musste mir auch das Lachen verkneifen.

»Und in der vorigen Woche war ein Mann sogar öfter da«, plapperte Frau Knuth weiter. Sie war wahrscheinlich froh, dass sie jemanden hatte, mit dem sie reden konnte. »Ich glaube, er hat sogar an eine der Türen geklopft! Vielleicht sogar an die Tür deiner Großmutter. Aber erwischt habe ich ihn nicht dabei. Immer, wenn ich auf den Flur sah, ging er schon wieder. Ich konnte ihn nur von hinten sehen. Wahrscheinlich ein Ausländer. Da muss man besonders vorsichtig sein, nicht wahr? Aber er ist ja immer gleich wieder gegangen. Sonst hätte ich die Polizei gerufen.«

Als wir schon fast auf der Straße waren, hörten wir sie immer noch über das »Gesindel« schimpfen, das sich in fremden Häusern herumtreibt.

»Ob sie spinnt?«, fragte Oliver.

Ich dachte an die Geschichten, die Oma mir früher über sie erzählt hatte. »Etwas seltsam muss sie immer schon gewesen sein.«

Peter schüttelte den Kopf. »Wer weiß, wie wir werden, wenn wir so alt sind. Einsamkeit kann einen Menschen sehr verändern. Außerdem würde ich zu gern wissen, ob dieser Mann wirklich an die Wohnungstür deiner Großmutter geklopft hat.«

»Glaubst du etwa, dass es der Mann aus dem Taxi war?«

»Ich weiß nicht. – Nein, eigentlich glaube ich es nicht.«

»Wir könnten doch zurückgehen und Frau Knuth noch einmal fragen«, schlug Oliver vor.

»Nein, das hätte keinen Sinn. Sie hat ihn ja nur von hinten gesehen. Außerdem haben wir uns schon lange genug aufhalten lassen. Und ich will Susanne nicht so lange allein lassen.«

Ich hatte ein seltsames Gefühl im Bauch, als ich die Tür zu unserer Wohnung aufschloss. Ich konnte es nicht ertragen, wenn Mama meinetwegen traurig war. Wenn es nicht um Papa gegangen wäre, hätte ich schon längst aufgegeben.

Meine Sorge war unberechtigt.

»Kommt ihr auch noch mal?« rief sie uns fast gut gelaunt entgegen.

»Frau Knuth hat uns aufgehalten«, erzählte ich ihr.

»Meine Güte, die alte Frau Knuth. Was wollte sie denn?«

»Ach, nichts Besonderes. Du kennst sie ja.«

Damit gab sich Mama zufrieden. Von dem angeblichen Ausländer erzählte ich ihr nichts, obwohl ich auf dem Rückweg immer daran hatte denken müssen.

»Habt ihr die Briefe und das Foto aus dem Umschlag mitgebracht?«, wollte Mama wissen.

Oliver war sofort Feuer und Flamme. »Ja, Papa hat sie. Aber wir haben sie uns noch nicht angesehen. Sollen wir jetzt?«

Wir setzten uns ins Wohnzimmer. Peter legte die Briefe und das Foto auf den Tisch.

»Das Foto ist ja durchgeschnitten!« rief Oliver.

Mama nahm es in die Hand. »Das ist mir vorhin schon aufgefallen.«

»Darf ich mal?«, fragte ich Mama. Sie gab mir das Foto. Oliver stand auf, stellte sich hinter mich und sah mir über die Schulter. Das Foto war schon ziemlich alt. Nur eine Frau war darauf zu sehen. Sie war hochschwanger. Jemand hatte den Arm um sie gelegt. Wer es war, konnte man nicht sehen, denn genau an der Stelle hatte jemand das Foto durchgeschnitten. Auf der Rückseite stand in verblasster Tinte: Juni 1944.

»Kennst du sie?«, fragte ich Mama.

»Nein, ich habe sie noch nie gesehen. Jedenfalls nicht, dass ich wüsste. Das Foto ist ja schon ziemlich alt. Möglicherweise habe ich sie schon einmal bei Oma getroffen. Manche Leute verändern sich ja sehr im Laufe der Zeit.«

»Ich möchte nur wissen, warum deine Schwiegermutter das Foto durchgeschnitten hat.«

»Woher willst du wissen, dass sie es war?«

»Wer sonst? Schließlich haben wir es bei ihr gefunden.«

»Vielleicht steht ja in dem anderen Brief etwas«, meinte Oliver.

Im Gegensatz zu Papas Brief sah er schon ziemlich alt und zerrupft aus. Peter nahm ihn vom Tisch. »Soll ich ihn wieder vorlesen?«

Mama zuckte mit den Schultern. »Von mir aus.« Sehr sicher hörte sich ihre Stimme dabei allerdings nicht an.

Peter besah sich zunächst den Umschlag. »Hieß deine Schwiegermutter Hellmann vor ihrer Heirat? Und hat sie in Hamburg gewohnt?«

»Hellmann stimmt, aber Hamburg? Ich wüsste nicht, dass sie in Hamburg gewohnt hat. Jedenfalls hat sie davon nichts erzählt. Soviel ich weiß, hat sie immer in Kiel gewohnt, bis sie nach Berlin gegangen ist, um dort zu heiraten – ihren ersten Mann, der im Krieg gefallen ist.«

»Der Brief ist aber an Gerda Hellmann in Hamburg adressiert. Ein Absender steht hier allerdings nicht. Nur dass er im September 1944 geschrieben wurde.«

Er legte den Brief vor sich auf den Tisch. Er sah uns an. »Also gut, dann lese ich vor, was hier steht. – Liebe Gerda, da ich weiß, dass Du Dir Sorgen um uns machst, will ich Dir ein paar Zeilen schreiben. Eine sehr nette Frau, die ich unterwegs kennen gelernt habe, fährt morgen nach Hamburg zurück. Sie hat mir versprochen, Dir den Brief zu bringen. Wir sind trotz einiger Schwierigkeiten gut hier angekommen. Ich glaube, der Kleine hat die Strapazen besser überstanden als ich. Säuglinge sind doch widerstandsfähiger, als man glaubt. Zum Glück ist die Verwundung meines Mannes nicht so schlimm, wie ich zunächst befürchtet hatte. Er wird wohl noch einige Zeit im Lazarett verbringen müssen. Alles in allem also recht gute Nachrichten.

Doch nun zu Dir, meine liebe Gerda. Hast Du Dich inzwischen entschieden? Überlege es Dir bitte gut, ob Du Dich wirklich mit diesem SS-Mann einlassen willst. Wenn es stimmt, was man über sie hört, kann das kein gutes Ende nehmen. Überlege Dir doch die Sache mit dem Lebensborn noch einmal. Mir haben sie auch geholfen. Ich wünsche Dir alles erdenklich Gute. Deine Herta.«

Eine ganze Weile sagten wir nichts. Ich hatte das Gefühl, dass wir überhaupt nicht weiterkamen. Ganz im Gegenteil. Je mehr wir herausfanden, desto verwirrender wurde alles.

»Weißt du, wer Herta ist?«, fragte Peter Mama.

»Nein, ich habe noch nie von ihr gehört. Hört sich an, als wäre es eine Freundin meiner Schwiegermutter. Ich verstehe diesen Brief sowieso nicht ganz. Hast du eine Ahnung, was mit diesem Lebensborn gemeint ist?«

»Irgendwo habe ich das schon einmal gehört. Nur im Augenblick kann ich mich nicht erinnern, in welchem Zusammenhang. Ich weiß nur, dass es etwas mit den Nazis zu tun hatte.«

Ich kannte auch keine Herta, und ich wusste auch nicht, was Lebensborn ist, aber mich beschäftigte etwas anderes viel mehr. »Was hatte Oma denn mit der SS zu tun?«

Allein schon bei dem Gedanken lief mir ein kalter Schauer über den Rücken. Gerade Oma hatte mir immer wieder erzählt, welche schrecklichen Dinge auf deren Konto gingen, wie viele Menschen sie grausam ermordet hatten. Und ausgerechnet Oma sollte etwas mit so einem Typen zu tun gehabt haben?

»Was das soll, kann ich mir auch nicht vorstellen. Du weißt ja selbst, dass Oma eigentlich immer sehr ruhig war. Es musste sie schon etwas sehr ärgern, bis sie sich aufregte. Nur wenn sie über den Krieg und vor allem über die SS sprach, bekam sie regelrechte Wutanfälle. Ich kann mir wirklich nicht vorstellen, dass ausgerechnet sie eine Verbindung zur SS hatte.«

»Ihr erster Mann kann damit also nicht gemeint sein?«, wollte Peter wissen.

»Nein! Das kann ich mir nicht vorstellen.«

»Vielleicht hat sie ja einmal schlimme Erfahrungen mit jemandem von der SS gemacht«, meinte Oliver. »Möglicherweise hat sie sich deshalb so aufgeregt, wenn jemand davon gesprochen hat.«

»Das ist schon eher möglich. Aber es ist trotzdem unwahrscheinlich.«

»Warum?«

Ich wusste, was Mama meinte. »Weil Oma sehr viel über diese Zeit geredet hat. Und das hätte sie uns bestimmt erzählt.«

»Ich denke, es hat sie so aufgeregt?«

»Stimmt«, sagte Mama. »Trotzdem hat sie gerade mit Ana-Laura oft über den Krieg geredet. Wahrscheinlich wollte sie ihr klarmachen, wie viel sie damals durchgemacht hat und dass solche Leute wie die Nazis nie wieder an die Macht kommen dürfen.«

Peter war schon während des ganzen Gesprächs auf seinem Stuhl herumgerutscht. Endlich rückte er doch mit der Sprache heraus. »Du, Susanne, ich weiß, dass du eigentlich dagegen bist, aber ...«

»Nein!« rief Mama. »Kommt überhaupt nicht in Frage!«

»Du weißt doch gar nicht, was ich will.«

»Ich kann es mir denken. Du willst meine Schwiegermutter fragen.«

»Wäre das denn so schlimm?«

»Ja! Du hast doch gehört, wie krank sie ist. Wer weiß, was passiert, wenn sie sich aufregt.«

»Wir könnten sie doch unauffällig fragen«, stand ich Peter bei.

»Ach, unauffällig? So unauffällig wie Oliver und du vorgestern?«

»Das war doch etwas anderes!« rief ich. »Wenn du dabei bist, kann doch nichts passieren. Ich werde auch bestimmt nichts sagen, was du nicht willst.«

»Du willst also mitkommen?«, fragte Mama.

»Wenn ich darf? Gehst du denn?«

Mama sah erst mich und dann Peter an. »Ich weiß nicht. Ich habe kein gutes Gefühl dabei.«

»Sie ist aber die einzige, die uns weiterhelfen kann!« rief ich. »Du willst doch auch wissen, was dieser Brief von Papa zu bedeuten hat, warum er sich mit Oma gestritten hat und was er in Argentinien suchte. Und überhaupt! Warum hat Oma gerade diese beiden Briefe und das Foto zusammen aufbewahrt?«

»Das habe ich mich auch schon die ganze Zeit gefragt«, sagte Peter.

»Also meinetwegen. Aber ich gehe allein.« Mama sah mich an. »Na gut, von mir aus kannst du mitkommen. Aber nur, wenn du mir versprichst, dass du dich aus dem Gespräch heraushältst, Ana-Laura. Und sobald ich merke, dass Oma sich autregt, gehen wir wieder.«

Damit war ich einverstanden.

Am nächsten Tag schlief ich endlich wieder einmal aus. Oliver hatte mich zum Mittagessen zu sich eingeladen. Das hieß, dass er ein Fertiggericht aus der Kühltruhe auftaute. Die Briefe und das Foto aus Omas Wohnung nahm ich mit. Immer wieder sahen wir uns die Frau auf dem Foto an und lasen die Briefe. Dabei zerbrachen wir uns die Köpfe, was das alles bedeutete und vor allem was der Mann im Taxi damit zu tun haben könnte. Als ich schließlich ging, um mich mit Mama zu treffen, kannte ich das Gesicht der schwangeren Frau, als wäre sie meine beste Freundin, und die Briefe hätte ich auswendig aufsagen können. Weitergekommen waren wir trotzdem nicht.

Ich holte Mama von der Arbeit ab. Wir fuhren mit dem Bus zum Pflegeheim. Ich versuchte, mit ihr über etwas Belangloses zu sprechen. Ich konnte mich nicht gegen mein schlechtes Gewissen wehren, Mama zu dem Besuch überredet zu haben. Wie schwer es ihr fiel, musste sie mir nicht sagen. Das sah ich ihr auf hundert Meter Entfernung an. Und auch mein Magen meldete sich, als wir vor dem Eingang des Heims standen.

Wir waren noch in der Eingangshalle, da kam Schwester Inge auf uns zu.

»Gut, dass Sie kommen, Frau Steiner! Wir haben schon versucht, Sie zu erreichen!«

»Warum? Ist etwas mit meiner Schwiegermutter?«

»Ja, leider. Sie musste ins Krankenhaus eingeliefert werden. Wir fürchten, dass sie einen neuen Schlaganfall erlitten hat.«

## 6. Kapitel

Mir wurden die Knie weich. Das durfte doch nicht wahr sein!

»Wann ist denn das passiert? Und warum haben Sie uns nicht angerufen?« Mamas Stimme zitterte.

»Ich habe doch schon gesagt, dass wir versucht haben, bei Ihnen zu Hause anzurufen. Aber dort hat sich niemand gemeldet.«

Mama sah mich an.

»Ich war bei Oliver.«

Mama holte tief Luft. »Und wann ist es passiert?«

»Heute, kurz nach dem Mittagessen. Ich habe noch einmal zu ihr hereingeschaut, weil ich mir Sorgen um sie gemacht habe. Und da habe ich sie gefunden. Sie lag auf dem Fußboden.«

Mama sagte nichts mehr. Und mir saß auch ein dicker Kloß im Hals. »Warum haben Sie sich denn Sorgen gemacht?«, fragte ich dann doch.

»Ich hatte schon seit ein paar Tagen den Eindruck, dass sich ihr Zustand verschlechterte. Sie war so seltsam abwesend, fast apathisch.«

Ich fragte nicht nach, seit wann genau Omas Zustand sich verschlechtert hatte. Ich fürchtete, dass die Schwester sagen würde, dass der Besuch von Oliver und mir daran schuld wäre.

»In welches Krankenhaus wurde sie denn gebracht?«, fragte Mama.

»In die Städtischen Kliniken.«

Mama und ich fuhren gleich hin. Oma lag auf der Intensivstation. Es dauerte ewig, bis wir endlich einen Arzt gefunden hatten, der uns Auskunft geben wollte.

»Es tut mir leid, dass ich Ihnen keine bessere Nachricht geben kann. Doch so, wie es im Augenblick aussieht, hat Ihre Schwiegermutter einen sehr schweren Schlaganfall erlitten.«

»Wird sie denn wieder – ich meine, gibt es noch Hoffnung?«

Der Arzt sah auf den Boden. »Das weiß im Augenblick niemand, außer dem lieben Gott vielleicht. Sie wissen ja, dass es bereits der zweite Schlaganfall war. Und der war wesentlich schwerer als der erste. Im Augenblick können wir nur abwarten. Tut mir leid.«

»Können wir sie denn sehen?«, wollte ich wissen.

»Davon muss ich Ihnen im Augenblick abraten. Es würde ihr auch nicht helfen. Sie ist ohne Bewusstsein. Aber Sie können mir glauben, dass wir alles für sie tun.«

Normalerweise freue ich mich darüber, wenn mich ein Erwachsener mit Sie anredet. Nur war das wirklich nicht der richtige Augenblick, um sich zu freuen.

Mama nahm meine Hand. »Komm, Ana-Laura, lass uns gehen.«

Wieder sah Mama so traurig aus.

Peter musste die Nachricht auf den Magen geschlagen sein. Wir hatten vorher verabredet, uns in seiner Wohnung zum

Abendessen zu treffen. Nun saß er schon seit zehn Minuten vor seinem Teller, ohne einen Bissen angerührt zu haben.

»Es tut mir so leid, Susanne. Wenn ich dich doch nur nicht überredet hätte ...«

»So ein Quatsch!« fiel Mama ihm ins Wort. »Ihr Schlaganfall hatte doch nichts mit unserem Besuch zu tun. Sie war schon im Krankenhaus, als wir zum Heim kamen. Und da ich uns nicht angemeldet hatte, konnte sie gar nicht wissen, dass wir kommen.«

Oliver und ich sahen uns an. Wir waren beide froh, dass Mama unseren Besuch nicht erwähnte. Entweder hatte sie es vergessen, oder sie brachte ihn nicht mit Omas Schlaganfall in Verbindung.

Ich nahm meinen ganzen Mut zusammen. »Jetzt willst du wohl nicht weitermachen, oder, Mama?«

»Doch, das will ich. Gerade jetzt.«

Ich dachte, ich höre nicht richtig.

»Aber wieso? Ich dachte immer, du hättest ein schlechtes Gewissen wegen Oma, weil wir hinter ihrem Rücken in ihrer Vergangenheit herumschnüffeln.«

»Das hast du geglaubt, Ana-Laura?«

»Nicht nur sie«, antwortete Peter für mich. »Ich hatte auch immer das Gefühl, dass es dir am liebsten gewesen wäre, wir hätten aus Rücksicht auf deine Schwiegermutter alles auf sich beruhen lassen.«

Plötzlich lächelte Mama. »So war es ja auch. Aber seit gestern Abend ist mir etwas, das Oliver gesagt hat, nicht mehr aus dem Kopf gegangen.«

Oliver schreckte hoch und wurde knallrot im Gesicht. »Ich habe etwas gesagt?«

»Ja, du«, lachte Mama. »Als wir gestern darüber sprachen, dass Gerdas Wut auf die SS und die angebliche Bekanntschaft mit einem SS-Mann nicht zusammenpassen, hast du gesagt, dass ihr vielleicht einmal von jemandem von der SS Unrecht getan wurde. Und dass gerade diese Bekanntschaft ihren Hass ausgelöst haben könnte.«

Ich konnte Oliver ansehen, dass er am liebsten mit beiden Händen gleichzeitig an seinen Pickeln herumgedrückt hätte. »So, hab ich? Äh, ja. Stimmt. Jetzt kann ich mich erinnern.«

Er ist einfach süß, wenn er vor Verlegenheit am liebsten im Boden versinken möchte.

»Und das hat deine Meinung geändert?«, fragte Peter mit einem stolzen Lächeln auf seinen Sohn.

»Ja. Ich habe mir gedacht, dass ich möglicherweise immer von der falschen Voraussetzung ausgegangen bin. Ich habe mir vorgestellt, dass, wenn es überhaupt so etwas wie ein Geheimnis im Leben meiner Schwiegermutter gibt, sie es auf keinen Fall preisgeben will. Vielleicht ist es aber auch ganz anders.«

Langsam wurde ich aus meiner Mutter nicht mehr schlau. »Wie denn?«

»Vielleicht konnte sie es niemandem verraten, weil sie damit einem anderen Menschen wehgetan oder ihm sogar geschadet hätte.«

»Papa?«

»Ich weiß nicht, mein Schatz. Vielleicht. Auf jeden Fall traue ich Oma zu, dass sie so denkt.«

Peter begann mit dem Essen. Es war längst kalt geworden.

Mama wechselte das Thema. »Auf jeden Fall bin ich davon überzeugt, dass wir weiterforschen sollten. So wie jetzt ist es unerträglich.« Sie nahm Peters Hand und lächelte ihn liebevoll an, so wie sie es früher mit Papa öfter gemacht hatte.

Ich wartete darauf, dass es wehtat. Doch es passierte nicht. Statt dessen freute ich mich sogar darüber.

Oliver versuchte, möglichst unauffällig zu mir herüberzusehen. Ich bemerkte es gleich. Sein Blick war anders als sonst.

»Wie soll es denn jetzt weitergehen?«, fragte er.

»Auf dem Rückweg vom Krankenhaus habe ich mir überlegt, dass wir versuchen sollten, herauszufinden, was Gerda in Hamburg gemacht hat. Die Adresse, an die Herta den Brief geschickt hat, ist unser einziger Anhaltspunkt.«

»Und da willst du hin?«

»Da will ich hin. Am liebsten gleich morgen. Es ist Samstag, da können wir uns früh auf den Weg machen.«

Peter war skeptisch. Es war, als hätten Mama und er die Rollen getauscht. »Glaubst du, dass sich dort noch jemand an deine Schwiegermutter erinnert? Das ist doch wohl mehr als unwahrscheinlich.«

»Ich weiß. Aber haben wir eine andere Möglichkeit?«

Die hatten wir nicht.

Es war verkaufsoffener Samstag. In Hamburg war die Hölle los. Es kostete Peter eine Menge Nerven, bis er sich zu der Adresse durchgefragt hatte, die auf Hertas Briefumschlag stand. Wir waren in einem Vorort von Hamburg gelandet; nicht besonders vornehm, aber gemütlich. Es gab noch viele verträumte Winkel mit alten Fachwerkhäusern. Vor einem dieser etwas windschiefen und für die heutige Zeit zu klein geratenen

Häuschen standen wir nun und verglichen noch einmal die Adresse mit der auf dem Umschlag.

»Stimmt«, sagte Peter. »Das muss es sein. Läuten wir?«

»Warum sind wir sonst gekommen?«, fragte Mama zurück und ging durch den Vorgarten auf die Haustür zu.

Nach einigen Versuchen hörten wir endlich schlurfende Schritte hinter der Tür. Sie öffnete sich, so weit es die vorgelegte Sicherheitskette zuließ. Durch den Spalt war das verrunzelte Gesicht einer alten Frau zu sehen.

»Was wollen Sie?« schnarrte sie uns an. »Ich kaufe nichts, und ich spende auch nichts.«

»Wir wollen Ihnen nichts verkaufen«, versuchte Mama sie zu beruhigen. »Und zum Sammeln sind wir auch nicht hier.«

»Was wollen Sie dann?«

»Wir würden Sie gern etwas fragen.«

»Fragen?«

»Ja, es geht darum, wer während des Krieges hier in diesem Haus gewohnt hat«, versuchte es Peter, »so um 1944.«

»Warum interessiert Sie das?«

»Es geht um eine Familienangelegenheit. Es würde uns schon genügen, wenn Sie uns sagen könnten, ob Gerda Hellmann hier gewohnt hat.«

»Gerda Hellmann? Hier gewohnt? Weiß ich nicht.«

Plötzlich hatte ich einen Geistesblitz. Ich nahm Peter den Umschlag aus Omas Wohnung aus der Hand und holte das durchgeschnittene Foto heraus. Ich hielt es der Alten hin. »Kennen Sie denn die Frau auf dem Foto hier?«

Sie rupfte es mir aus der Hand, doch schon einen Augenblick später hielt sie es mir wieder hin.

»Und?«, fragte Mama.

»Die kenne ich.«

»Tatsächlich? Wer ist es denn?«

»Von der habe ich damals das Haus übernommen. Ist aber schon lange her. War gleich nach dem Krieg.«

»Wissen Sie denn auch, wie diese Frau hieß?«

»Ja, das weiß ich. Warten Sie mal. – Ja, richtig. Wegener hieß sie. Herta Wegener.«

»Herta?« riefen Oliver und ich gleichzeitig. »Das ist Herta?«

»Ja, ja. Herta Wegener. Warum schreien Sie so?«

»Das hängt alles mit unserer Familienangelegenheit zusammen«, sagte Mama. »Und damit, ob Gerda Hellmann auch hier gewohnt hat – während des Krieges.«

»Weiß ich nicht. Das habe ich doch schon gesagt. Ich weiß nichts.«

»Nur noch eine Frage bitte!« rief Peter. »Wo ist diese Herta Wegener denn hingezogen, nachdem Sie dieses Haus übernommen hatten?«

»Woher soll ich das wissen? Oder warten Sie mal. Ich glaube, Sie hat damals etwas von Lübeck gesagt.«

»Lübeck!« stöhnte Peter auf. Das waren wieder ein paar Stunden mit dem Auto.

»Ja, Lübeck. Glaube ich jedenfalls. Doch nun entschuldigen Sie mich bitte. Auf Wiedersehen.«

Im gleichen Augenblick fiel die Tür ins Schloss. Ich glaube, wir hätten läuten und klopfen können, so viel wir wollten. Die Alte hätte uns nicht mehr geöffnet.

»Sag es nicht! Bitte sag es nicht, Susanne«, flehte Peter, als wir wieder im Auto saßen.

Mamas Grinsen wurde immer breiter. »Was soll ich nicht sagen? Dass ich nach Lübeck fahren möchte?«

»Genau! Wenn ich heute auch noch nach Lübeck fahren muss, brauche ich anschließend drei Wochen Urlaub.«

Mama nahm ihn in den Arm. »Ich mache dir einen Vorschlag: Wir suchen uns ein schönes Restaurant und essen etwas Gutes. Danach trinkst du einen starken Mokka, und du wirst sehen, das ist besser als drei Wochen Urlaub. Außerdem kann ich dich beim Fahren ablösen.«

»Wie willst du überhaupt die Adresse von dieser Herta herausbekommen?« versuchte er es noch einmal.

»Ich hoffe, dass sie ein Telefon hat. Nach dem Essen gehen wir hier ins Hauptpostamt und sehen im Lübecker Telefonbuch nach. Wir könnten dann sogar anrufen und uns anmelden.«

»Okay«, stöhnte Peter. »Du hast gewonnen. Wie immer!«

Während des Essens hat wohl niemand von uns mehr an den eigentlichen Grund gedacht, der uns nach Hamburg gebracht hatte. Man hätte uns für eine gutgelaunte Familie auf ihrem Wochenendausflug halten können.

Auf dem Postamt stellten wir fest, dass es mehr als einen Wegener in Lübeck gab, der ein Telefon besaß. Nicht so viele wie Müller oder Meier, aber immerhin.

»Warum melden die Leute das Telefon nur immer unter dem Namen des Mannes an!«, schimpfte Mama. »Nur zwei weibliche Vornamen: Regine und Karla. Aber eine Herta ist nicht dabei!«

»Dann müssen wir halt die männlichen Wegeners anrufen und sie fragen, ob ihre Frau Herta heißt.«

»Das machst du aber, Peter. Ich habe keine Lust, mich von den Leuten beschimpfen oder für verrückt erklären zu lassen.«

Es dauerte mindestens eine halbe Stunde, bis wir alle Lübecker Wegeners angerufen hatten. Erstaunlicherweise gab uns jeder gleich über die Vornamen der weiblichen Familienmitglieder Auskunft. Eine Herta war wieder nicht dabei. Schließlich gab es noch drei Rufnummern, unter denen wir niemanden erreicht hatten.

»Also doch hinfahren«, seufzte Peter.

Am späten Nachmittag kamen wir endlich in Lübeck an. Die erste Adresse war eine Fehlanzeige. Wir trafen niemanden an. Doch bei der zweiten, einem dieser Reihenhäuser, wie es sie zu Millionen gibt, hatten wir Glück. Ich erkannte sie sofort.

»Das ist sie!« raunte mir Oliver zu und rammte mir seinen Ellbogen in die Rippen.

»Aua! Das sehe ich auch. Ich bin doch nicht blind!«

Sie war zwar wesentlich älter geworden, aber ich hatte mir das Bild so oft angesehen, dass ich sie unter Hunderten erkannt hätte.

Peter räusperte sich. »Entschuldigen Sie bitte die Störung. Sind Sie Frau Herta Wegener?«

»Ja, die bin ich. Was wünschen Sie?« Frau Wegener hatte zwar keine Sicherheitskette an der Tür, dafür musterte sie uns mindestens so misstrauisch wie die Alte aus Hamburg.

Peter setzte seinen ganzen Charme ein. »Wir halten Sie bestimmt nicht lange auf. Wir haben nur ein paar Fragen. Es handelt sich um eine Familienangelegenheit. Genauer gesagt, geht es um Frau Gerda Hellmann.«

Hertas Gesicht hellte sich auf. »Ach, Sie sind das! Ich hätte

Ihre Stimme wirklich nicht erkannt. Am Telefon klingt sie ganz anders! Freut mich, Sie persönlich kennenzulernen. Kommen Sie doch bitte herein. Ihre Frau und Ihre Kinder natürlich auch.«

Wir waren so überrascht, dass wir Herta wortlos in ihre Wohnung folgten.

Erst als wir im Wohnzimmer saßen, fand Peter seine Sprache wieder. »Ich glaube, da muss ein Missverständnis vorliegen, Frau Wegener. Ich kann mich nicht erinnern, Sie angerufen zu haben.«

Frau Wegener setzte sich auf die Couch, dass der Stapel Kaffeetassen, den sie in der Hand hatte, gefährlich klimperte. »Nicht? Dann waren Sie das gar nicht?«

»Wer denn, um Himmels willen?« rief Mama so laut, dass Frau Wegener sie entsetzt ansah.

»Ich weiß nicht, wer es war. Er hatte sich zwar mit Namen gemeldet, aber da habe ich ihn nicht verstanden. Und später habe ich vergessen, ihn noch einmal danach zu fragen. Als es mir einfiel, war es zu spät. Ich kann mich nur noch daran erinnern, dass er eine etwas harte Aussprache hatte. Es könnte ein Ausländer gewesen sein. Aber er sprach fehlerfreies Deutsch.«

Ich hatte Mama zwar versprochen, mich möglichst herauszuhalten, aber ich hielt es nicht mehr aus. »Was wollte er denn von ihnen?«

»Gleich, mein Kind. Das muss ich erst einmal verdauen. Ich brauche einen Kaffee.«

Es dauerte zwar nicht lange, bis Frau Wegener den Kaffee gekocht und jedem von uns eine Tasse eingegossen hatte, aber ich dachte, dass ich platzen müsste, wenn sie uns nicht bald von diesem Anruf erzählte.

»Es ist jetzt ungefähr eine Woche her, vielleicht auch zehn Tage. Da bekam ich diesen Anruf. Zuerst war ich natürlich skeptisch, als er sich nach Gerda erkundigte. Mein Gott, Gerda! Wie lange ist das her!«

»Er hat sich also nach meiner – nach Gerda erkundigt?«, fragte Mama dazwischen.

»Ja, er wollte wissen, ob ich wüsste, wo sie wohnte. Und ob sie überhaupt noch lebte. Erst wollte ich ihm gar nicht antworten. Doch dann erzählte er mir von den Briefen.«

»Briefe?« rief ich. Alle guten Vorsätze waren vergessen. Schon wieder Briefe!

»Das war eine seltsame Geschichte. Er erzählte mir, dass er zufällig an Briefe von Gerda gekommen wäre. Und die wollte er ihr zurückgeben. Das hätte immer noch gelogen sein können. Doch dann sagte er mir, von wem er diese Briefe bekommen hatte. Da wusste ich, dass er die Wahrheit sagte. Ein Mann in Berlin hatte sie ihm gegeben. Das war ein Kamerad von Hans, Gerdas damaligem Freund.«

Hans! Das war der Name meines richtigen Großvaters. Es war nicht zu überhören gewesen, wie verächtlich sie das Wort Kamerad ausgesprochen hatte.

Mama war es auch aufgefallen. »Kamerad? Was heißt das?«

Herta Wegener sah Mama mit einem seltsam starren Blick an. »SS.«

»Was? Soll das heißen, dass Hans bei der SS war?«

»Ja. Wussten Sie das nicht? Ich habe Sie noch gar nicht gefragt, warum Sie sich eigentlich nach Gerda erkundigen.«

Mama zögerte einen Augenblick. »Ich bin eine entfernte Verwandte. Gerda ist sehr krank. Und wir wissen fast nichts über ihren ersten Mann. Wir wollen versuchen, ob wir noch andere Verwandte finden, bevor sie …«

Ich staunte nur noch, wie gut Mama lügen konnte. Das hätte ich ihr nicht zugetraut. Aber sie hatte recht. Herta die ganze komplizierte Geschichte zu erklären hätte nichts gebracht, zumal wir noch gar nicht wussten, welche Rolle sie dabei spielte.

»Geht es ihr so schlecht?«, fragte sie echt besorgt.

Mama nickte.

»Sie haben gesagt, dass Sie Verwandte ihres ersten Mannes suchen. Hat sie denn noch einmal geheiratet? Ich kann mich nur an einen gewissen Herrn Steiner erinnern. Sie hat mir damals die Heiratsanzeige geschickt. Das war auch das letzte Mal, dass ich von ihr gehört habe. Schade eigentlich, wenn man bedenkt, dass wir in der Schule die besten Freundinnen waren.«

»Aber Herr Steiner war ihr zweiter Mann!« rief Mama. »Wir meinen Hans Flügler.«

»Hans? Hat sie den etwa doch geheiratet?«

Jetzt kapierte ich überhaupt nichts mehr.

»Ich glaube, wir reden aneinander vorbei, Frau Wegener«, meinte Mama.

Herta nickte. »Das Gefühl habe ich allerdings auch. Vielleicht ist es das Beste, Sie erzählen mir zuerst Ihre Version der Geschichte. Dann kann ich sagen, was ich weiß.«

Mama holte Luft. »Also gut. Eigentlich ist da gar nicht viel zu erzählen. Soviel wir wissen, hat Gerda Hans Flügler geheiratet. Aber er ist noch während des Krieges in Russland umgekommen. Zu der Zeit hat Gerda schon ein Kind von ihm erwartet. Später, nach dem Krieg, hat sie noch einmal geheiratet, und zwar Wilhelm Steiner.«

Herta schüttelte den Kopf. »Meine Geschichte klingt etwas anders.«

»Wie denn?«

»Wie ich schon sagte, waren Gerda und ich in der Schule die besten Freundinnen. Nach unserem Abschluss verloren wir uns aus den Augen. Einmal noch, es muss 1943 gewesen sein, habe ich sie besucht. Ihre Mutter war gestorben, und ihr Vater war nach Russland eingezogen worden. Sie führte ganz allein sein Geschäft, das mehr schlecht als recht ging zu der damaligen Zeit. Obwohl ich sehr bewundert habe, wie sie, allein auf sich gestellt, zurechtkam, habe ich ihr damals vorgeschlagen, das Geschäft aufzugeben und zu mir zu kommen. Doch sie wollte nicht. Sie sagte, dass sie das ihrem Vater nicht antun könne. Er hätte sein Leben lang dafür gearbeitet, es aufzubauen. Doch dann, etwa ein Jahr später, stand sie vor meiner Tür. Sie erzählte mir, dass ihr Vater in Russland gefallen sei und sie deshalb meinem Rat gefolgt sei und das Geschäft aufgegeben habe. Das war auch das erste Mal, dass ich von Hans erfuhr. Ich selbst war damals schwanger. Mein Mann war an der Front. Ich war froh, einen Menschen bei mir zu haben, bei dem ich mich ausheulen konnte. Und das konnte man bei Gerda immer besonders gut.«

»Schwanger waren Sie?«, fragte Peter dazwischen.

»Ja. Warum?«

»Susanne, bitte zeig ihr doch das Foto.«

Mama tat es.

Herta erkannte das Foto sofort. »Ja, daran erinnere ich mich. Aber warum hat sie das Foto denn durchgeschnitten? – Obwohl, so erstaunlich ist das gar nicht.«

»Wie meinen Sie das?«, fragte Mama.

»Das Foto ist entstanden, als Hans zu Besuch bei uns war. Auf der abgeschnittenen Seite des Fotos ist Hans zu sehen.«

»Und das wissen Sie genau?«, wollte Peter wissen.

»Das weiß ich genau. Ich habe nämlich auch einen Abzug von dem Bild.«

Ein Bild von meinem Großvater! Früher hatte Oma immer gesagt, dass sie kein Bild von ihm hätte. Ich hatte es einfach hingenommen. Doch plötzlich erschien alles in einem anderen Licht. »Dürfen wir es einmal sehen?«

Herta sah Mama an.

»Ich würde es auch gern sehen, wenn es Ihnen nichts ausmacht.«

Sie stand auf und wühlte eine Weile in einer Schublade ihres Wohnzimmerschrankes herum. Schließlich hielt sie freudestrahlend ein Foto in die Höhe. »Da ist es ja. Ich wusste doch, dass ich eins habe.« Sie gab es Mama. Die warf nur einen kurzen Blick darauf und gab es mir. Im gleichen Augenblick war Oliver neben mir. Er hatte tatsächlich Ähnlichkeit mit Papa, zwar nicht viel, aber er hätte seinen Sohn nicht verleugnen können. Sonst war nichts Besonderes an ihm. Er sah aus, wie man sich die Leute in den vierziger Jahren vorstellt. Er hatte den Arm um Herta gelegt und lachte in die Kamera. Dass er bei der SS war, konnte man ihm nicht ansehen. Er trug auch keine Uniform. Ich gab das Foto Peter.

»Das ist also Hans Flügler«, meinte Mama. »Sie müssen nämlich wissen, dass Gerda immer behauptet hat, es gäbe kein Foto von ihm.«

Herta lächelte. »Das kann ich verstehen.«

Peter sah von dem Foto hoch. »Sie haben vorhin schon so eine Andeutung gemacht. Wie meinen Sie das?«

»Wenn Sie das nicht wissen, muss ich etwas weiter ausholen. Als Gerda nach dem Tod ihres Vaters bei mir einzog, hat sie mir, wie gesagt, auch bald von Hans erzählt. Ich spürte gleich, dass das Verhältnis zwischen den beiden irgendwie zwiespältig war. Jedenfalls was Gerda betraf.«

»Zwiespältig? Wie meinen Sie das?«

»Sie war in ihn verliebt, sehr sogar. Andererseits machte sie sich Sorgen. Sie spürte, dass ihr Hans in Berlin unter schlechten Einfluss geriet. Als ich dann erfuhr, dass er bei der SS war, habe ich ihr dringend abgeraten, ihn zu heiraten. Das wollte sie zum damaligen Zeitpunkt nämlich noch. Und dann kam er zu Besuch. Damals ist auch das Foto entstanden. Wenn ich heute daran zurückdenke, muss ich sagen, dass ich noch nie ein seltsameres Liebespaar gesehen habe. Wenn die Politik nicht gewesen wäre, hätten sie sehr glücklich sein können. Doch Hans war ein fanatischer Nazi. Während dieses Besuches muss es dann passiert sein. Als ich mit meinem kleinen Sohn aus dem Entbindungsheim kam, erzählte mir Gerda, dass sie auch schwanger sei.«

Peter sprang auf und schlug sich mit der Hand vor die Stirn. »Entbindungsheim! Jetzt fällt es mir wieder ein! Sie haben Gerda doch einen Brief geschrieben, in dem sie den Lebensborn erwähnen.«

»Ja, das stimmt. Haben Sie diesen Brief gelesen?«

Mama nickte leicht verlegen. »Durch den Brief haben wir erst von Ihrer Existenz erfahren. Aber was ist dieser Lebensborn überhaupt?«

»Gerade ist es mir eingefallen, wo ich darüber gelesen habe. Es war in einem Buch über das Dritte Reich. Der Lebensborn war ein Verein, der gegründet wurde, um ledigen Frauen zu helfen, die ein Kind erwarteten.«

»Ledig?« rief Mama. »Das würde ja bedeuten, dass Gerda doch nicht verheiratet war.«

»Nicht unbedingt«, meinte Herta. »Ich habe schließlich auch dort mein Kind zur Welt gebracht. Kurz nach dem Krieg hätte ich mir eher die Zunge abgebissen, als das zuzugeben.«

»Warum?«, fragte Oliver. »War denn das so schlimm?«

»Wie man es nimmt. Immerhin hatte Himmler den Lebensborn e.V. gegründet.«

»Himmler? War das nicht der oberste SS-Macker?«

»Ja, ja, so würde man heute wohl sagen«, lachte Herta.

»Und warum waren Sie dort?«, fragte ich sie.

»Das war schon eine verrückte Zeit, damals. Anders kann man das heute wohl nicht erklären. Auf der einen Seite hörte man schon eine Menge schlimme Dinge über die SS. Wie es wirklich war, ahnten die meisten aber noch nicht. Andererseits hatten die Entbindungsheime des Lebensborn den Ruf, dass man dort sehr gut versorgt würde. Später wurden eine Menge Spekulationen darüber angestellt, wozu der Lebensborn eigentlich gegründet worden ist. Manche behaupteten sogar, dort wurden Kinder, die die Nazis für besonders arisch hielten, regelrecht gezüchtet.«

»Echt? Wahnsinn!«

»Nicht wahr? Aber das konnte nie nachgewiesen werden. Fest steht nur, dass dort ledige, natürlich arische Mütter ihre Kinder zur Welt bringen konnten. Aber die Heime waren auch für Frauen von SS-Leuten und Soldaten gedacht, die an der Front kämpfen mussten. Und da mein Mann an der Front war, bin ich halt auch hingegangen. Auch wenn ich damals auf die Nazis nicht gut zu sprechen war, dass sie den Lebensborn letztlich nur gegründet hatten, um ihren Rassenwahn zu unterstützen, habe ich nicht geahnt.«

Mama schüttelte den Kopf. »Ledige Mütter! Das muss doch fast revolutionär gewesen sein. Bei den damaligen Moralvorstellungen.«

»Allerdings. Viele der Schwestern standen auch unter einem ständigen Konflikt zwischen ihren moralischen Wertvorstellungen und ihrer Pflicht. Ich hatte Glück. Erstens war ich ja verheiratet, und zweitens war es meiner Hebamme gleichgültig. Ihr lag nur das Wohlergehen der Mütter und der Kinder am Herzen. Nach dem Krieg habe ich sie zufällig noch einmal wiedergesehen. Das war schon ein komisches Gefühl. Ich glaube, es war ihr peinlich. Schließlich wollte nach dem Krieg niemand mehr mit den Nazis oder gar mit der SS in Verbindung gebracht werden.«

»Und Sie haben Gerda geraten, auch in das Lebensbornheim zu gehen?«, wollte Peter wissen.

»Ja. Das erschien mir immer noch besser, als diesen Hans zu heiraten. Er war mir immer unheimlich.«

»Das haben Sie also gemeint, als Sie Gerda schrieben, Sie solle sich nicht mit diesem SS-Mann einlassen.«

»Genau.«

»Und?«, fragte Mama. »Hat sie auf Sie gehört?«

»Das weiß ich nicht. Mein Mann wurde an der Front verwundet. Wahrscheinlich hat es ihm das Leben gerettet. Er wurde nach Süddeutschland in ein Lazarett gebracht. Ich fuhr sofort mit meinem Sohn dorthin. Als ich ankam, habe ich Gerda den Brief geschrieben, den Sie kennen. Als ich nach dem Krieg mit meinem Mann hierher zurückkam, war Gerda nicht mehr da. Ob sie Hans schließlich geheiratet hat und wo sie ihr Kind zur Welt gebracht hat, weiß ich nicht. Nur, dass er in Russland gefallen sein soll, kann ich mir nicht vorstellen. Diese Typen haben sich selbst immer ganz gut schützen können. Die haben nur andere in den Tod geschickt. Das letzte, was ich von Gerda hörte, war ihre Heiratsanzeige mit Herrn Steiner. Bis dieser Mann vor einer Woche anrief.«

»Und der hat Ihnen gesagt, dass er die Briefe von einem Mann aus Berlin bekommen hat?«, fragte Peter sie noch einmal.

»Ja. Von dem hat Hans während seines Besuchs bei uns ständig erzählt. Ich glaube, er war ein Vorbild für ihn.«

»Wissen Sie denn, wie der Mann heißt?«

»Döstitz heißt er, von Döstitz, wenn ich mich richtig erinnere. Sie können ihn ja anrufen. Vielleicht weiß er, ob Gerda und Hans doch noch geheiratet haben.«

Es war spät geworden. Als wir uns von Herta Wegener verabschiedeten, war Oma für mich eine andere als vor diesem Besuch. Zwar hatte ich gewusst, dass sie kein leichtes Leben gehabt hatte. Doch ihre Geschichten, die sie mir über den

Krieg und die Zeit danach erzählt hatte, waren, obwohl sie einen tiefen Eindruck auf mich gemacht hatten, immer noch sehr weit weg gewesen. Und jetzt betraf Omas Schicksal uns plötzlich alle ganz persönlich. Warum hatte sie nicht erzählt, dass mein Großvater bei der SS gewesen war? Sicher hatten diese Leute die schlimmsten Verbrechen auf dem Gewissen. Aber das war doch nicht Omas Schuld! Wenn Herta recht hatte, dann war sie doch immer gegen die SS gewesen. Vielleicht hatte sie deshalb ja sogar Schwierigkeiten mit den Nazis bekommen. Wir mussten unbedingt herausfinden, ob sie zu Hans nach Berlin gefahren war. Und wenn sie es getan hatte, was war dort passiert?

Unsere Rückfahrt war sehr schweigsam. Wir fuhren schon eine ganze Weile auf der Autobahn, als Peter plötzlich meinte: »Morgen versuche ich diesen Herrn Döstitz in Berlin anzurufen.«

Mama sah aus dem Fenster, obwohl sie in der Dunkelheit sicher nichts erkennen konnte. »Und was soll das bringen?«

»Vielleicht weiß er, ob Hans und Gerda geheiratet haben.«

»Das ist doch jetzt nicht mehr wichtig, Peter.«

»Wieso ist das nicht mehr wichtig?« rief ich. »Heute morgen hast du noch ganz anders geredet.«

»Ja, das stimmt. Da habe ich ja auch noch vermutet, dass Oma mit einem dieser SS-Leute in Verbindung stand. Aber dass dieser SS-Mann ausgerechnet dein Großvater ist, habe ich nicht gewusst.«

»Und was ändert das?«

»Ich glaube, ich weiß, was deine Mutter bedrückt«, antwortete Peter für sie. »Vielleicht hat sie Angst davor, etwas herauszufinden, das sie lieber gar nicht wissen möchte. Stimmt's, Susanne?«

»Vielleicht.«

Während der restlichen Fahrt, bis uns Peter vor unserer Wohnungstür absetzte, wechselten wir keine drei Sätze mehr. Ich war hundemüde. Ich glaube, ich lag gerade im Bett, da war ich schon eingeschlafen.

## 7. Kapitel

Als Mama mich weckte, war es zehn Uhr. »Kannst du mich nicht noch schlafen lassen?« bettelte ich. »Das wird heute sowieso stinklangweilig. Mit Oliver kann ich mich nicht treffen. Er besucht heute seine Großeltern.« Es war seltsam. Nun kannte ich Oliver erst eine Woche, und schon vermisste ich ihn.

»Von mir aus kannst du weiterschlafen. Ich wollte dich auch nur fragen, ob du mit mir zum Krankenhaus kommst. Ich will sehen, wie es Oma geht. Vielleicht hat sich ihr Zustand ja gebessert. Ich hoffe es jedenfalls.«

Ich stand auf. Es war mehr mein schlechtes Gewissen, als dass ich Oma besuchen wollte.

Mamas Hoffnung erfüllte sich nicht. Omas Zustand hatte sich nicht verändert. Aber wir konnten eine der Schwestern überreden, dass wir durch eine Glasscheibe wenigstens einen Blick auf Oma werfen konnten. Ich sah eine alte Frau, umringt von vielen medizinischen Apparaten, in einem Bett liegen. Ich bereute es fast, mitgekommen zu sein. Ich hätte meine Oma lieber anders in Erinnerung behalten.

Zu Hause stürzte sich Mama auf die Bügelwäsche. Ich verzog mich auf mein Zimmer und legte die Tangoplatte auf. Jeder lenkt sich halt auf seine Weise ab. Ich hörte mir die Lieder ich weiß nicht wie oft an. Allerdings leiser als beim ersten Mal. Immer wieder gingen mir die gleichen Gedanken durch den Kopf. Wie angeflogen überkam mich wieder dieses Tangogefühl. Auf der einen Seite hatte ich in den letzten Tagen zum ersten Mal seit zwei Jahren wieder das Gefühl gehabt, in einer richtigen Familie zu leben. Manchmal war es mit Peter sogar fast so wie damals mit Papa gewesen. Und außerdem gab es Oliver. Doch dann musste ich wieder an all die anderen Dinge denken, die ich über meine Familie erfahren hatte, und von denen ich vor zwei Wochen noch nicht einmal geträumt hatte. Mein Großvater war bei der SS gewesen. Papa war vielleicht als uneheliches Kind geboren worden, und das möglicherweise in einem Entbindungsheim der SS. Nur was der Mann im Taxi damit zu tun hatte, wusste ich immer noch nicht. War er es, der bei Herta angerufen hatte? Vielleicht bekam Peter ja etwas heraus, wenn er in Berlin anrief. Wenn er es überhaupt tat, nachdem Mama plötzlich wieder von allem nichts mehr wissen wollte. Und ich musste immer wieder an das Gespräch zwischen Mama und Peter denken, das ich belauscht hatte. Ich wünschte mir beides, dass Mama mit Peter glücklich wurde und dass Papa noch lebte, obwohl ich wusste, dass das nicht möglich war.

Auch der schlimmste Sonntag geht einmal vorüber, und das normale Leben beginnt wieder. Oliver und ich hatten uns für den Nachmittag zu einem Kinobesuch verabredet. Als wir zu uns nach Hause kamen, war es schon nach acht. Mama und Peter saßen im Wohnzimmer. Peter hatte Neuigkeiten, die nicht gerade ermutigend waren.

»Hast du angerufen?«, fragte Oliver ihn, noch bevor sie sich begrüßt hatten.

Peter nickte. »Viel ist dabei nicht herausgekommen. Ich habe es Susanne schon erzählt. Zuerst lief alles prima. Die Auskunft konnte mir gleich die Telefonnummer von Herrn Döstitz geben. Ich rief an, und er war auch zu Hause. Dann war allerdings nichts mehr zu holen. Dieser Mensch ist wirklich unerträglich! Ich möchte zu gerne wissen, wie der nach dem Krieg ungestraft davonkommen konnte. Der hat vielleicht in einem Ton mit mir geredet. Hätte nur noch gefehlt, dass er sich am Schluss mit Heil Hitler verabschiedet hätte.«

»Was hat er denn nun gesagt?«, fragte ich dazwischen. »Waren Oma und Hans verheiratet oder nicht?«

»Das ist es ja eben! Das wollte er mir nicht sagen. Er hat sich strikt geweigert, mir irgendeine Auskunft zu geben. Er würde linke Typen wie mich kennen. Ich wolle ihn nur hereinlegen und gegen ihn eine Hetzjagd veranstalten.«

»Das hat er tatsächlich gesagt?« rief Oliver.

»Und ob er das gesagt hat. Aber das war noch nicht alles. Mit den schlimmsten Ausdrücken hat er mich beschimpft.«

»Was hat er denn gesagt?«, fragte Oliver.

Peter grinste. »Das könnte dir so passen. Eines habe ich dann aber doch noch aus ihm herausbekommen: Diese Briefe, die Gerda an Hans geschrieben hat und die Döstitz dem geheimnisvollen Anrufer gegeben hat, müssen für die damalige Zeit wohl recht gewagt gewesen sein.«

»Gewagt?«, fragte ich. »Wieso?«

»Wenn ich Peter richtig verstanden habe«, meinte Mama, »hat Gerda wohl keinen großen Hehl daraus gemacht, dass sie von der damaligen Regierung und vor allem von der SS nicht viel hielt. Und das konnte sehr gefährlich sein.«

»Stimmt«, erzählte Peter weiter. »Dieser Döstitz hat sogar behauptet, dass er Hans gedeckt hat, sonst hätten ihn die Briefe den Kopf gekostet. Er hätte sich überhaupt gewundert, dass er die Briefe von diesem ...«

»Was ist los?«, fragte Mama, als Peter nicht weitersprach.

»Ich möchte am liebsten gar nicht wiederholen, was dieser Kotzbrocken gesagt hat.«

»Trotzdem, sag es. Ich muss alles wissen.«

»Na gut. Er hat gesagt, dass er sich darüber gewundert hätte, dass sein Kamerad Hans die Briefe von diesem – Judenweib überhaupt bis zum Schluss aufgehoben hätte.«

»Das ist ja nicht zu fassen!«

»War Gerda denn Jüdin?«, wollte Oliver wissen.

»Nein, aber das war diesen Typen doch völlig egal. Die wollten alle umbringen, Juden, Sozialisten, eben alle, die ihnen nicht in den Kram passten.«

»Das wäre ihnen ja auch fast gelungen«, meinte Mama.

»Bis zum Schluss?«, fragte Oliver. »Wie hat er das denn gemeint?«

Peter zuckte mit den Schultern. »Ich wollte ihn das auch fragen, obwohl ich wirklich nahe daran war aufzulegen. Aber er ist mir zuvorgekommen. Plötzlich war nur noch ein Knacken zu hören, und das Gespräch war unterbrochen. Ihn noch einmal anzurufen, hätte keinen Sinn gehabt.«

Irgendwie war ich stolz auf Oma. Und ich hätte es ihr auch gerne gesagt. Doch darüber konnte ich nicht lange nachdenken, denn Mama hatte noch eine Überraschung für uns.

Sie stand auf und ging, ohne ein Wort zu sagen, aus dem Zimmer. Als sie wieder zurückkam, hatte sie die Hände auf dem Rücken. »Ana-Laura!«

So, wie sie meinen Namen rief, hatte es nichts Gutes zu bedeuten.

»Hast du vielleicht vergessen, uns etwas zu erzählen?«

»Nicht dass ich wüsste. Was meinst du, Mama?«

»Dann muss ich deinem Gedächtnis wohl etwas nachhelfen. Hast du vielleicht einen Brief nach Argentinien geschrieben?«

»Mensch, der Brief an die Botschaft!« rief Oliver dazwischen. »Den hatte ich total vergessen!«

»Ich auch!« Und das meinte ich wirklich ehrlich. »Entschuldige, Mama, aber als ich den Brief geschrieben habe, wusste ich mir keinen anderen Rat. Ich konnte es dir auch nicht erzählen, weil du damals bestimmt sauer auf mich gewesen wärst.«

»Ist ja schon gut. Aber dann sag mir wenigstens jetzt, was du geschrieben hast.«

»Nur, dass wir hier nach einem Herrn Angel aus Argentinien suchen, weil er wahrscheinlich etwas mit Papas Unfall zu tun hat. Ich habe sie gebeten, herauszufinden, wer er ist und wo er wohnt. Ich habe es sehr dringend gemacht und den Brief als Eilbrief weggeschickt.«

»Woher wusste sie denn, welchen Angel du meinst?«, wollte Peter wissen. »Es gibt doch sicher viele Leute mit dem Namen in Argentinien.«

Ich zögerte einen Augenblick, bevor ich antwortete. »Ich habe ein Foto von Papa dazugelegt.«

Mama schnaufte, doch sie sagte nichts.

»Haben sie denn geantwortet?« Oliver hielt es kaum noch auf seinem Sessel.

Mama hielt einen Umschlag hoch. »Allerdings. Ana-Laura hat vorhin ein Telegramm bekommen.«

Ich sprang auf und nahm ihr den Umschlag aus der Hand. »Du hast ihn aufgemacht, Mama! Der ist an mich adressiert!«

»Du weißt genau, dass ich deine Briefe nicht öffne, Ana-Laura. Aber in dem Fall hielt ich es für richtig.«

Da war ich anderer Meinung.

Oliver platzte fast vor Neugier. »Ist doch egal, Ana-Laura. Lies doch endlich vor, was drin steht!«

Ich nahm das Telegramm heraus. Es war sehr nüchtern geschrieben. Aber was darin stand, haute mich um. »Sr. Carlos Angel hier bekannt – stop – bekannter Bandoneonspieler – stop – zur Zeit auf Deutschlandtournee – stop – Termine 4.–8.7. Bremen, 11.–15.7. München, 18.–22.7. Stuttgart, 25.7. Hamburg, – stop – Gruß Agnes Schirrer«

»Dann gibt es diesen Angel ja wirklich!«, schrie Oliver, dass sich seine Stimme überschlug. »Und er ist Tangospieler! Und er ist hier in Deutschland!«

Wenn ich es im Nachhinein bedenke, hätte ich eigentlich genau wie Oliver ausflippen müssen. Doch ich war vollkommen ruhig. Alles lief wie ein Film ab. »Was ist eigentlich ein Bandoneon?«, fragte ich nur. Ich hatte es schon auf dem Cover meiner Tangoplatte gelesen, ohne dass ich mir darunter etwas vorstellen konnte.

»Etwas Ähnliches wie ein Akkordeon, nur mit Knöpfen, statt mit Tasten. Eines der Hauptinstrumente beim Tango.«

Ich ließ mich in einen Sessel fallen. Erst jetzt merkte ich, wie sehr ich zitterte. »Dann gibt es ihn also wirklich«, sagte ich leise. Ich sah noch einmal auf das Telegramm von Agnes Schirrer, der Botschaftsangestellten, der ich geschrieben hatte. »Am 10. Juli war der letzte Schultag«, rechnete ich laut nach. »Das war der Tag vor seinem ersten Konzert in München.«

»Genau!« rief Oliver dazwischen. »Wahrscheinlich hat er sich mit einem seiner Kollegen in dem Restaurant getroffen, und sie sind von dort aus nach München gefahren. Kein Wunder, dass sie sich über Tango unterhalten haben. Das ist ihr Beruf! – Und wo ist er jetzt?«

»Heute ist der 20. Juli. In Stuttgart ist er.«

»Aber er kommt doch noch mal nach Hamburg! Wann ist denn das?«

»Am 25. Juli. Das ist der nächste Samstag.« Da wollte ich hin. Da musste ich hin!

»Peter hat schon angerufen. Es ist das Abschlusskonzert der Tournee. Es gibt noch Karten. Gleich morgen besorgen wir welche.«

Ich konnte nicht anders. Ich fiel Mama um den Hals. »Du glaubst mir also? Jetzt glaubst du mir endlich?«

»Wahrscheinlich habe ich es immer schon getan. Nur wahrhaben wollte ich es nicht. Obwohl wir bisher nur wissen, dass es diesen Carlos Angel tatsächlich gibt. Was er mit deinem Vater zu tun hat, ist ja immer noch nicht klar.«

»Das werden wir bei dem Konzert herausfinden.« Daran zweifelte ich damals keinen Augenblick.

Die Woche schlich dahin. Nie hätte ich geglaubt, wie lang fünf Tage werden können. Oliver und ich versuchten uns die Zeit so gut es ging zu vertreiben. Dazwischen hörte ich mir immer wieder meine Tangoplatte an. Es war schon fast zu einem Ritual geworden. Sogar Mama ließ sich von meinem Tangofieber anstecken. Sie kam in mein Zimmer und bat mich, die Tür aufzulassen und lauter zu drehen. Sie fände die Musik auch sehr schön.

Endlich war es so weit. Ich bin davon überzeugt, dass sich kaum jemand vorstellen kann, wie ich mich auf dem Weg nach Hamburg fühlte. Wieder redeten wir nicht viel. Wir waren überzeugt davon, dass dieser Abend uns Gewissheit bringen würde. Anders als bei unserem ersten Ausflug nach Hamburg musste Peter sich dieses Mal nicht über den Verkehr ärgern. Es war Samstagabend. Die meisten Leute saßen zu Hause vor ihren Fernsehern. Ohne Umwege fand Peter die kleine Halle, in der das Konzert stattfand. Ich lief hinter Mama und Peter her. Sie hätten sonstwo hingehen können. Ich hätte es nicht gemerkt. Sogar Oliver, der sonst immer vor Tatendrang sprühte, trabte in Gedanken versunken neben mir.

Als wir auf unseren Plätzen saßen, versuchte ich unauffällig zu Mama neben mir zu sehen. In ihrem Gesicht rührte sich nichts. Ich nahm ihre Hand. Sie war kalt und nass. Ich hätte gerne mit ihr geredet, sie gefragt, was sie gerade denkt. Aber ich brachte es nicht fertig.

Allmählich erwachte ich aus meinen Gedanken. Ich sah mich um. Es waren viele südländische Gesichter unter den Zuschauern, wahrscheinlich Spanier oder vielleicht auch Argentinier. Von der steifen Zurückhaltung deutscher Zuschauer vor solchen Konzerten war nichts zu merken. Sie freuten sich auf die Musik. Und das zeigten sie auch. Es glich eher einem Familienfest als einem Konzert.

Als ich schon fast nicht mehr daran dachte, warum wir eigentlich gekommen waren, verstummte das Lachen und Murmeln im Zuschauerraum. Ein Mann war auf die Bühne gekommen. Mit vielen Worten und großen Gesten kündigte er den berühmten Carlos Angel aus Argentinien mit seiner Gruppe an. Für einen kurzen Augenblick verlosch das Licht. Als es wieder aufflammte, stand er auf der Bühne.

## 8. Kapitel

Mein Herz raste. Ich hatte meine Hände so fest in die Stuhllehne gekrallt, dass es schmerzte. Am liebsten wäre ich auf die Bühne gerannt, um ihn anzufassen, mit ihm zu reden, ihn zu fragen, ob er mein Vater war. Doch ich saß wie festgenagelt auf meinem Stuhl und stierte mir die Augen aus dem Kopf. War das Papa?

Er setzte sich auf einen Stuhl, nickte seinen Musikerkollegen zu und begann zu spielen. Ich registrierte jede Bewegung, jede Mimik, jedes Anzeichen, das mir hätte verraten können, wer dieser Mann war. Er hatte Papas Gesicht, sein Lächeln, seine Figur und auch seinen Haarschnitt. Und doch wurde mir immer klarer, je länger ich ihn beobachtete: Das war nicht Papa. Wer auch immer dieser Mann sein mochte, er war nicht mein Vater.

Ich sah zu Mama. Im gleichen Augenblick drehte sie sich zu mir um. Sie schüttelte kaum sichtbar den Kopf. Es genügte, um mir zu sagen, dass sie es auch wusste. Wenn nicht sie, wer dann? Ich versuchte, ihren Gesichtsausdruck zu deuten. War sie traurig, enttäuscht? Oder war sie doch erleichtert? Während wir uns ansahen, hatte ich das Gefühl, als stellte sie sich die gleichen Fragen in Bezug auf mich. Schließlich beugte sie sich zu Peter und Oliver, um endlich ihre fragenden Blicke zu beantworten, die sie seit dem Auftritt des Mannes aus dem Taxi auf uns gerichtet hatten.

Nun war es also sicher. Papa war tot. Hätte ich das vor zwei Wochen, als ich den Mann, den ich für Papa hielt, gesehen hatte, schon so sicher gewusst, wäre ich wahrscheinlich verrückt geworden. Ich hatte mir so sehr gewünscht, dass es Papa war. Doch das, was ich in dem Augenblick fühlte, als ich erkannte, dass Carlos Angel nicht mein Vater war, war nicht Trauer oder Enttäuschung. Ich wusste selbst nicht, warum, aber das Einzige, an das ich denken konnte, war, dass ich nun Gewissheit hatte. Ich musste mich nicht mehr mit dem Gedanken quälen, was aus Mama und Peter und aus Oliver und mir werden würde.

Ich hatte Angst, Mama noch einmal anzusehen. War sie sehr enttäuscht? Oder dachte sie wie ich? Plötzlich spürte ich ihre Hand auf meiner. Sie sah zur Bühne, und sie lächelte! Sie lächelte! Und nur wir beide wussten, was dieses Lächeln bedeutete. Papa hatten wir vor zwei Jahren verloren. Peter und Oliver hatten wir heute für uns gewonnen.

Während ich über all das nachdachte, veränderte sich der Mann auf der Bühne für mich: Er spielte mit konzentriertem, fast verzerrtem Gesicht sein Bandoneon. Er glich Papa immer weniger, bis schließlich nur noch der Tango blieb. Der packte mich dafür um so heftiger. Das hatte absolut nichts mit dem etwas schmuddeligen Schmalzlocken-Tango zu tun, mit dem man diese Musik hier immer noch gleichsetzt. Noch nie hatte ich Musiker gesehen, die so in ihrer Musik aufgingen. Für sie gab es in dem Augenblick weder die Zuschauer noch die Bühne noch diese Konzerthalle, die zu allem passte, nur nicht zu dem, was sich auf der Bühne und im Zuschauerraum ereignete. Das fröhliche Geplapper war wie abgerissen, als der erste Musiker die Bühne betreten hatte. Niemand wiegte sich im Takt, wippte mit dem Fuß oder klatschte gar mit. Und doch war die Anspannung, mit der sie der Musik folgten, fast greifbar. Und auch ich konnte mich wieder nicht gegen dieses Gefühl wehren. Nur dass es mich unvergleichlich stärker mitriss als zu Hause, wenn ich meine Platte hörte.

Irgendwann rüttelte Mama an meiner Schulter. »Ana-Laura! Komm!«

Ich war wie betäubt. Als würde ich aufwachen, bemerkte ich erst jetzt, dass die Musiker von der Bühne verschwunden waren. Ich sah Mama an. Wahrscheinlich war mein Blick immer noch abwesend. Jedenfalls rüttelte Mama mich noch einmal durch.

»Was ist denn los, Mama?«

»Das frage ich dich! Hast du geschlafen? Es ist Pause!«

Oliver und Peter standen inzwischen schon mit ungeduldigen Gesichtern an einem der Ausgänge, die in den Vorraum führten. Von dort war schon lautes Schwatzen und Gläsergeklimper zu hören. Wir brauchten eine Weile, bis wir uns zwischen den vielen Menschen zurechtfanden. Peter machte sich gleich auf den Weg, uns etwas Trinkbares zu besorgen.

Als wir schließlich ein freies Plätzchen an einem der Stehtische erkämpft hatten, nahm Mama meine Hand. »Bist du sehr enttäuscht, Liebes?«

»Nein, irgendwie nicht. Ich weiß auch nicht.« Ich wagte nicht, vor Peter und Oliver über das zu reden, was ich wirklich empfunden hatte, als mir klar wurde, dass Carlos Angel nicht Papa war. »Und du?«

»Ich auch nicht. Das hat nichts mit meinen Gefühlen zu Papa zu tun, aber ...«

»Ich weiß schon«, unterbrach ich sie.

Ich sah zu Peter und Oliver. Peter betrachtete angestrengt die Leute um sich herum, und Oliver war mit seinen Pickeln beschäftigt. Sie taten mir leid. Das alles musste sehr unangenehm für sie sein.

»Und wie findet ihr die Musik?« wechselte ich das Thema.

»Beeindruckend«, meinte Peter und lächelte mich an. Doch dann kam er doch noch einmal auf das zurück, weshalb wir eigentlich dort waren: »Und ihr seid euch wirklich sicher?«

Mama nickte. »Ja, vom ersten Augenblick an. Obwohl – die Ähnlichkeit ist wirklich unglaublich. Wenn ich es nicht selbst gesehen hätte ...« Sie sah mich an.

»Manchmal habe ich ja selbst geglaubt, dass ich spinne. Ich verstehe nur nicht, dass ich heute auch gleich wusste, dass er es nicht ist. Ich meine – warum habe ich das nicht gesehen, als er im Taxi an mir vorbeigefahren ist?«

»Heute warst du darauf vorbereitet«, sagte Peter, »damals nicht. Das hat dich umgehauen. Ich kann mir das gut vorstellen.«

»Ja, wahrscheinlich war es so. Trotzdem – wer ist es dann?«

»Ein Doppelgänger«, sagte Mama sofort.

Peter schüttelte nachdenklich den Kopf. »Vorhin, als du mir zugeflüstert hast, dass der Mann auf der Bühne nicht Martin sei, habe ich noch einmal darüber nachgedacht, was der Grund für diese unglaubliche Ähnlichkeit sein könnte, die ja sogar mir aufgefallen ist, obwohl ich ihn nur von Fotos kenne. Und mir ist eingefallen, was Ana-Laura erzählt hat.«

»Was meinst du?«, fragte ich.

»Du warst dir doch deshalb so sicher, dass dieser Mann im Taxi dein Vater war, weil er eine Angewohnheit hatte, die du von deinem Vater kanntest.«

»Ja! Das Naserubbeln. Das hat Papa immer gemacht, wenn er in Gedanken war. Und der Mann im Taxi hat es auch gemacht.«

»Worauf willst du hinaus, Peter?«, fragte Mama.

»Dass Carlos Angel ein Zwillingsbruder deines Mannes sein könnte.«

»Zwillingsbruder?« riefen Oliver und ich fast gleichzeitig so laut, dass sich die Leute an den Nachbartischen zu uns umsahen.

Mama sah Peter ungläubig an. »Wie kommst du denn darauf?«

»Ich habe mich an einen Artikel über Zwillingsforschung erinnert, den ich kürzlich gelesen habe. Man hat dort eineiige Zwillinge untersucht, die, aus welchen Gründen auch immer, als kleine Kinder getrennt wurden. Diese Menschen sind zum Teil unter völlig verschiedenen Bedingungen aufgewachsen, teilweise sogar in anderen Ländern. Trotzdem wiesen sie erstaunlich viele Gemeinsamkeiten auf, sowohl was ihren Lebenslauf betrifft als auch bestimmte Charaktereigenschaften und unbewusste Eigenheiten, die jeder von uns hat. In bestimmten Situationen zupft man sich am Ohr, kratzt sich am Kopf ...«

» ... oder rubbelt seine Nase«, ergänzte ich.

»Genau. Also könnte es doch sein, dass dieser Mann aus dem Taxi der eineiige Zwillingsbruder von Martin Steiner ist.«

»Sicher könnte es sein!« rief Mama. »Nur hatte Martin keinen Zwillingsbruder. Das hätte er doch gewusst! Zumindest seine Mutter hätte es wissen müssen. Und warum hätte sie es verschweigen sollen?«

»Das weiß ich auch nicht. Aber denk bitte daran, was wir bis jetzt über deine Schwiegermutter und Hans herausgefunden haben. Davon hast du bisher auch nichts gewusst.«

»Sicher. Aber das hatte doch alles nur etwas mit Gerda und Hans zu tun. Und wenn es tatsächlich ein Zwillingsbruder von Martin ist, warum hat er sich nie bei uns oder meiner Schwiegermutter gemeldet?«

»Wahrscheinlich deshalb, weil er es gar nicht weiß.«

»Warum fragen wir ihn nicht einfach?«, meinte Oliver. »Wir sind doch sowieso hierhergekommen, um mit ihm zu sprechen.«

Das ging mir schon die ganze Zeit im Kopf herum. »Schon, nur was sollen wir ihn fragen? Guten Tag, sind Sie der Zwillingsbruder von Martin Steiner? Ich weiß sowieso nicht, ob ich überhaupt ein Wort herausbekomme, wenn ich vor ihm stehe.«

»Das geht mir auch so«, meinte Mama. »Vorher habe ich mir überhaupt keine Gedanken darüber gemacht. Aber jetzt ist es so weit, und da klopft mir allein bei dem Gedanken, ihm gegenüberzustehen, schon das Herz bis zum Hals.«

»Ich mache euch einen Vorschlag«, sagte Peter. »Nach dem Konzert gehen wir hinter die Bühne und fragen nach ihm. Und wenn wir ihn gefunden haben, rede ich zunächst mit ihm. Danach wird es euch sicher leichterfallen.«

Mama gab ihm einen Kuss auf die Wange. »Danke.«

Als wir wieder auf unseren Plätzen saßen, konnte ich an nichts anderes denken als an das, was Peter gesagt hatte. Ein

Zwillingsbruder! Sicher, auf der einen Seite war es logisch, andererseits konnte ich mir nicht vorstellen, dass Oma das ein Leben lang hatte verschweigen können. Immerhin hätte sie gewissermaßen ihr eigenes Kind verleugnet. Denn sie musste schließlich am besten wissen, ob Papa noch einen Bruder gehabt hatte.

Die Gedanken an Peters Vermutung waren nicht der einzige Grund, dass die Musik mich nicht mehr so in ihren Bann zog wie vor der Pause. Nicht dass das Konzert schlechter gewesen wäre als im ersten Teil, aber diese besondere Stimmung wollte sich einfach nicht mehr einstellen. Vielleicht lag es ja an mir, nur hatte ich auch das Gefühl, als ginge es den anderen Zuschauern ähnlich. Sie lauschten nur noch interessiert, nicht mehr gebannt. Schließlich wusste ich, woran es lag: am Bandoneonspieler. Papas Doppelgänger, oder was immer er war, wirkte unkonzentriert. Und das war nicht nur meine Einbildung. Zum Schluss wurde es fast langweilig. Nach dem letzten Lied wurde zwar applaudiert, und der eine oder andere verlangte auch eine Zugabe. Die Musiker ließen sich aber nicht mehr blicken.

Wir warteten den ersten Ansturm auf die Ausgänge ab. Im Vorraum sahen wir uns nach einem Hinweis auf den Bühneneingang um. Schließlich entdeckte Peter eine Tür, an der ein Schild mit der Aufschrift »Kein Durchgang« befestigt war.

»Bestimmt geht es dort zu den Garderoben«, flüsterte er uns zu. »Hoffentlich ist sie nicht abgeschlossen.«

Wir schoben uns durch die Leute auf die Tür zu. Als wir es endlich geschafft hatten, sah Peter sich noch einmal nach allen Seiten um und drückte die Klinke herunter. Die Tür öffnete sich. Ehe wir uns versahen, hatte er Mama, Oliver und mich hinter sich hergezogen. Vorsichtig schloss Oliver die Tür hinter sich, als hätte er Angst, dass jemand ein Geräusch hören könnte. Es war eine Eisentür. Der Lärm aus dem Vorraum war nur noch sehr gedämpft zu hören. Es war fast still. Vor uns lag ein langer, weiß getünchter Flur mit ungemütlich weißen Neonlampen an der Decke. Es war ein seltsamer Kontrast zu dem Marmorboden und den Kronleuchtern aus dem Vorraum.

»Und nun?«, wollte ich wissen.

»Vielleicht finden wir ja einen Hinweis auf die Garderoben«, meinte Peter und lief auch schon los.

Doch weder auf den Türen noch an den Wänden gab es eine Beschriftung oder etwas Ähnliches, das uns verraten hätte, was hinter den Türen zu finden war. Einige versuchte Peter zu öffnen. Sie waren verschlossen. Scheinbar waren wir in einem unbenutzten Teil des Theaters gelandet. Plötzlich hörten wir aufgeregte Stimmen.

»Da ist jemand«, meinte Oliver. »Sollen wir hingehen?«

»Und was sollen wir sagen?«, fragte ich. »Es ist doch bestimmt verboten, hier herumzulaufen.«

»Wir sagen einfach die Wahrheit«, meinte Mama. »Wir wollen Carlos Angel sprechen. Das kann doch wohl kein Verbrechen sein.«

Kaum hatte sie das gesagt, kam schon ein mit einem Frack bekleideter Mann auf uns zu. »Kann ich Ihnen helfen?«, fragte er uns freundlich. »Haben Sie sich verirrt?«

»Wir haben uns nicht verlaufen«, entgegnete Peter. »Wir suchen Herrn Angel.«

Die Miene des Befrackten verdunkelte sich. »Nicht nur Sie.«

»Wie bitte?«

»Ich meine, dass es leider nicht möglich ist, ihn zu sprechen.«

»Aber es ist sehr wichtig!« rief ich.

»Das mag ja sein, aber es geht nicht. Bitte verlassen Sie das Theater.«

Mama baute sich vor ihm auf. »Nicht bevor wir ihn gesprochen haben. Wie wir Ihnen bereits sagten, handelt es sich um eine wichtige Angelegenheit, eine Familiensache.«

Der Mann im Frack sah Mama an und seufzte. »Ich würde Ihnen ja gern den Gefallen tun, wenn ich könnte. Wie Sie sicher wissen, ist heute der Abschluss seiner Tournee durch Deutschland. Wir hatten aus diesem Anlass ein kleines Fest vorbereitet.«

»Und?«

»Er ist verschwunden.«

»Verschwunden?« rief Oliver. »Was soll das heißen?«

»Das heißt, dass er weg ist, mein Junge.«

Ich verstand überhaupt nichts mehr. »Aber wir haben ihn doch gerade noch auf der Bühne gesehen!«

»Ja, das ist richtig. Doch kaum war das Konzert vorbei, war er auch schon verschwunden.«

»Und Sie wissen nicht, wohin er gegangen ist?«, wollte Peter wissen. »Vielleicht kommt er ja gleich wieder.«

»Wenn ich wüsste, wo er ist, wäre mir viel wohler, das können Sie mir glauben. Schließlich habe ich die Presse und wer weiß wen noch eingeladen. Das wird ein Gang nach Canossa für mich.«

»Hat er denn keine Andeutung gemacht, warum er gegangen ist?«

»Nein! Seine Kollegen haben mir nur berichtet, dass er in der Pause telefoniert hat und danach irgendwie verändert war. Aber das haben sie sich möglicherweise nur eingebildet. Sie wissen ja, wie diese Südamerikaner sind.«

Ich hatte keine Ahnung, wie Südamerikaner sind. Aber ich dachte daran, wie sich die Stimmung nach der Pause verändert hatte.

Bei dem Mann im Frack kamen wir jedenfalls nicht weiter. Er wollte oder er konnte uns nicht mehr sagen. Höflich, aber bestimmt schob er uns den Flur entlang, bis wir wieder im Vorraum standen. Von den anderen Besuchern war nichts mehr zu sehen. Die Angestellten des Theaters, die herumstanden und sich unterhielten oder aufräumten, sahen uns mit fragenden Blicken nach.

»Das war ja ein Reinfall«, meinte Oliver, als wir im Auto saßen.

»Meinst du?«, entgegnete ich. »Finde ich gar nicht. Mir geht es jetzt besser als vorher.«

Mama drehte sich um und lächelte mich an. Sie musste nichts sagen. Wir wussten beide, was ich meinte.

»Ich möchte nur wissen, mit wem er telefoniert hat«, grübelte Peter vor sich hin. »Und ob er deshalb so schnell verschwunden ist.«

»Glaubst du, dass es etwas mit uns zu tun hat?«, fragte Oliver.

»Kann sein, aber es kann auch noch hundert andere Gründe dafür geben.«

»Jetzt mache ich euch zur Abwechslung mal einen Vorschlag«, meinte Mama plötzlich. »Das Wichtigste, was uns alle bedrückt hat, wissen wir jetzt. Dieser Mann ist nicht Martin. Ich will zwar auch noch wissen, wer er eigentlich ist und ob er irgendetwas mit Martin zu tun hat. Nur heute finden wir es sicher nicht mehr heraus, und morgen wird er nach Argentinien zurückfliegen. Ich schreibe in den nächsten Tagen dieser netten Frau bei der deutschen Botschaft in Buenos Aires und bitte Sie, uns die Adresse von Herrn Angel zu verraten. Dann werde ich ihm schreiben, ihm alles erklären und ihn bitten, ob er irgendetwas von uns weiß oder ob es sonst eine Verbindung gibt, die mit Gerda, Hans oder uns zu tun hat.«

Peter schlug mit der flachen Hand auf das Lenkrad. »Wisst ihr was? Das ist ein sehr vernünftiger Vorschlag. Und ich setze noch eins drauf! Wir fahren zu uns. Wenn mich nicht alles täuscht, haben wir noch einen einigermaßen vernünftigen Wein im Keller. Den köpfen wir zur Feier des Tages.«

»Abgelehnt!« grinste Mama. »Wir fahren zu uns. Wir haben nämlich noch eine Flasche Champagner im Keller. Und der ist nicht nur einigermaßen, der ist ausgezeichnet!«

Die Rückfahrt wurde sehr ausgelassen. Wenn ich heute darüber nachdenke, war es zu ausgelassen. Ich weiß nicht, wie es den anderen ging, aber vieles an meiner Fröhlichkeit war aufgesetzt. Ich hatte diesen Tag noch lange nicht verarbeitet. Auch das Tangogefühl war noch nicht verflogen. Ich war immer noch hin- und hergerissen zwischen meiner Freude darüber, dass Mama und ich uns gemeinsam mit Oliver und Peter ein neues Leben aufbauen konnten, und der Angst davor, dass es noch etwas in Papas oder Omas Vergangenheit gab, das wir noch nicht wussten, aber das uns vielleicht noch sehr wehtun würde. Nur darüber sprechen wollte ich nicht, nicht mehr an diesem Abend.

Schon im Hausflur hörten wir unser Telefon läuten. Mama beeilte sich, die Wohnungstür aufzuschließen. Sie stürmte gleich los, um den Anrufer noch zu erwischen. Als Peter, Oliver und ich mit Gläsern, Champagner und Knabbereien ins Wohnzimmer kamen, telefonierte sie immer noch. Sie hatte sich ganz dicht ans Telefon gestellt und sprach mit gesenktem Kopf. Wir spürten gleich, dass etwas nicht in Ordnung war.

»Ja, vielen Dank für Ihren Anruf«, hörte ich sie sagen. Sie legte den Hörer auf und drehte sich langsam zu uns um.

Ohne ein Wort ging sie an uns vorbei und ließ sich in einen Sessel fallen. Erst jetzt schien sie zu bemerken, dass wir sie erwartungsvoll ansahen.

»Bringt die Sachen wieder weg«, sagte sie leise. »Oma ist gestorben.«

»Gestorben! Wieso ist sie gestorben?«, fragte ich, obwohl ich den Grund doch kannte.

Mama antwortete mir trotzdem. »Du weißt doch, wie es um sie stand, Ana-Laura. Sie ist ihrem Schlaganfall erlegen. So hat das jedenfalls die Schwester oder Ärztin, oder wer das gerade war, ausgedrückt.«

»Und wann?«, fragte Peter leise.

»Heute abend. Sie haben schon ein paarmal versucht, uns zu erreichen.«

Ich hatte einen Kloß im Hals. »Und wie ist sie -? Ich meine, hat sie noch sehr leiden müssen?«

Mama schüttelte den Kopf. »Sie ist eingeschlafen – allein, während wir uns das Konzert angehört haben!«

Der Vorwurf gegen uns und gegen sich selbst war nicht zu überhören. Sicher war es unsinnig, sich eine Schuld zu geben. Wir hätten es nicht verhindern können, und wahrscheinlich war sie gar nicht mehr zu Bewusstsein gekommen. Aber in dem Augenblick hatten wir alle ein schlechtes Gewissen.

Peter und Oliver blieben noch lange bei uns. An Champagner und Feiern war nicht mehr zu denken. Als sie gingen, standen die Gläser und die ungeöffnete Flasche noch genau so auf dem Tisch, wie wir sie nach dem Anruf aus dem Krankenhaus hingestellt hatten.

Erst als ich in meinem Bett lag, fiel mir auf, dass niemand von uns geweint hatte. Omas Tod war ein Schock für mich, aber ich war nicht wirklich traurig. Vielleicht ist das immer so, wenn alte Leute sterben. Es ist irgendwie normal. Plötzlich wurde mir bewusst, dass für mich an diesem Tag eigentlich sogar zwei Menschen gestorben waren.

»Wenn du nicht mitkommen willst, habe ich Verständnis dafür, Ana-Laura«, meinte Mama am nächsten Morgen beim Frühstück.

»Ich komme trotzdem mit.« Wenn wir schon nicht da gewesen waren, als sie starb, wollte ich wenigstens Mama bei den Formalitäten helfen, die jetzt wahrscheinlich unvermeidlich waren. »Wo willst du denn als erstes hin?«

»Zum Krankenhaus natürlich. Die Frau, mit der ich gestern telefoniert habe, war ziemlich kurz angebunden. Außerdem habe ich ohnehin nur die Hälfte mitbekommen. Das kannst du dir ja denken. Vielleicht haben wir Glück und erwischen den behandelnden Arzt, obwohl es Sonntag ist.«

Der Arzt war zu einem Notfall gerufen worden, aber wir fanden die Stationsschwester, die Dienst gehabt hatte, als Oma starb.

»Sie hat nicht gelitten«, beruhigte sie uns.

»Ist sie denn noch einmal wach gewesen?«, wollte Mama wissen. »Als wir sie das letzte Mal gesehen haben, war sie bewusstlos.«

»Nein, soviel ich weiß, ist sie nicht mehr wach geworden.«

Ich konnte fast hören, wie Mama ein Stein vom Herzen fiel. Sie hätte es sicher nur schwer ertragen können, wenn Oma bewusst gewesen wäre, wie allein sie war.

»Sie sind die Tochter der Verstorbenen, wenn ich richtig informiert bin?«, fragte nun die Schwester.

»Die Schwiegertochter.«

»Ach ja, richtig. Dann war der Herr ihr Gatte?«

Mama sah die Schwester ungläubig an. »Bitte?«

Die Schwester hielt sich die Hand vor den Mund. »Ich hoffe, ich war jetzt nicht indiskret. – Bitte warten Sie einen Augenblick.«

Bevor wir etwas sagen konnten, war sie im Schwesternzimmer verschwunden. Als sie wieder auftauchte, hatte sie eine dicke Mappe bei sich. Noch während sie auf uns zukam, blätterte sie darin herum.

»Richtig, hier steht es. Ihre Telefonnummer und die Nummer des Auftragsdienstes. Dann ist es wohl nicht Ihr Gatte.«

»Wen um Himmels willen meinen Sie?« rief Mama.

»Die Verwaltung hat uns mitgeteilt, dass wir im Notfall Sie

benachrichtigen und außerdem auch eine Nachricht beim Auftragsdienst hinterlassen sollen.«

Mama schüttelte den Kopf. »Das verstehe ich nicht. Für wen war denn die Nachricht beim Auftragsdienst gedacht? Steht das auch in ihren Unterlagen?«

Wieder blätterte die Schwester in aller Ruhe in ihrer Mappe herum. Es hätte nicht viel gefehlt, und ich hätte sie angeschrien, sie solle sich gefälligst beeilen.

»Ja, hier steht es«, sagte sie endlich. »Die Nachricht an den Auftragsdienst war für Frau Steiners Sohn.«

# 9. Kapitel

»Das ist unmöglich!« rief Mama so laut, dass sich einige der Patienten auf dem Gang erstaunt nach uns umsahen.

»Meine Güte, Frau Steiner, warum regen Sie sich so auf? Haben wir etwas falsch gemacht?«

Mama atmete tief ein. »Nein, so habe ich das nicht gemeint. Entschuldigen Sie bitte. Ich war nur so erschrocken, weil es eigentlich nicht möglich ist, dass – sind Sie auch sicher, dass es ihr Sohn gewesen sein soll?«

Die Schwester sah noch einmal in ihren Unterlagen nach. »Ja, das steht hier. Im Notfall seien Sie zu benachrichtigen und der Sohn der alten Frau Steiner über den Auftragsdienst.«

Mittlerweile hatte ich mich auch wieder so weit gefangen, dass ich etwas sagen konnte. »Was heißt denn Auftragsdienst überhaupt?«

»Dort ruft man an und hinterlässt eine Nachricht für jemanden, der sie dann später abfragen kann«, antwortete Mama.

»Das verstehe ich nicht! Haben Sie sich denn nicht darüber gewundert, dass der Sohn keine eigene Telefonnummer angegeben hat?«

»Vielleicht ist er viel unterwegs und darum schlecht zu erreichen«, meinte die Schwester. »Außerdem habe ich selbst gar nicht mit ihm gesprochen. Ich fand nur einen Vermerk bei den Unterlagen Ihrer Schwiegermutter.«

»Haben Sie den Auftragsdienst denn angerufen?«, wollte Mama noch wissen.

»Ja, das habe ich sogar selbst getan.«

»War er denn auch hier?«

»Bei mir war er nicht. Aber ich habe ja nicht immer Dienst. Warten Sie, ich frage mal meine Kollegen, ob die etwas wissen.«

Und schon war sie wieder im Schwesternzimmer verschwunden. Als sie nach einer Weile wieder herauskam, war ihr anzusehen, dass sie keinen Erfolg gehabt hatte.

»Tut mir leid. Von den Kollegen hat niemand etwas von ihm gehört. Ich habe vorsichtshalber auch noch den Stationsarzt und den Oberarzt gefragt. Die wissen aber auch nichts.«

Sie versprach uns noch, dass sie uns anrufen wollte, wenn sie noch etwas über Omas angeblichen Sohn herausfinden sollte. Wir konnten nicht mehr tun, als uns bedanken und gehen. Sie hatte sich wirklich die größte Mühe gegeben, uns zu helfen.

Wir fuhren vom Krankenhaus gleich zu Peter. Weder Mama noch ich redeten während der Fahrt über das, was wir dachten, obwohl ich sicher war, dass uns beiden die gleichen Gedanken im Kopf herumgingen.

Erst Oliver sprach es aus: »Ob der Auftragsdienst mit Carlos Angel gesprochen hat, während wir in dem Vorraum standen und Saft tranken?«

»Das wäre doch total verrückt. Ein wildfremder Mann wird benachrichtigt, dass unsere Oma gestorben ist«, sagte ich und sah Mama an, ob sie vielleicht eine Erklärung hatte. Doch sie sah nur regungslos auf den Kaffee, den ihr Peter gleich gemacht hatte, als wir unsere Geschichte erzählt hatten.

»Möglich ist es schon«, grübelte Oliver weiter. »Schließlich hat dieser komische Typ mit dem Frack doch erzählt, dass er telefoniert hat. Und danach wäre er irgendwie verändert gewesen.«

»Und er ist gleich nach dem Konzert verschwunden«, ergänzte ich.

»Und wenn er tatsächlich ihr Sohn wäre, der Zwillingsbruder von Martin ...«, meinte Peter.

»Warum haben wir vorher noch nie etwas von ihm gehört? Warum ausgerechnet jetzt? Hört das denn nie auf?«

»Was hört nie auf? Wie meinst du das, Mama?«

»Seit du diesen Mann im Taxi gesehen hast, hat er sich irgendwie in unser Leben geschlichen und uns nicht mehr losgelassen. Alles ist plötzlich anders geworden. Mir kommt es manchmal wie ein Fluch vor! Und jetzt ist Oma tot, und er oder irgendein anderer gibt sich als ihr Sohn aus. Wenn das nicht endlich aufhört, werde ich noch verrückt!«

»Aber ich musste herausfinden, wer der Mann im Taxi ist«, versuchte ich mich zu verteidigen.

»Ich mache dir ja auch keinen Vorwurf, Ana-Laura. Schließlich war ich damit einverstanden zu versuchen, es herauszufinden. Aber was haben wir erreicht?«

»Wir wissen, dass es nicht Papa ist!«

»Ja, das stimmt.«

»Was wollt ihr denn jetzt machen?«, fragte Peter.

»Am liebsten möchte ich die ganze Sache vergessen. Das Wichtigste wissen wir schließlich. Alles Weitere macht alles nur noch schlimmer. Das habe ich im Gefühl.«

»Du willst nicht wissen, wer da angerufen hat?« rief ich.

»Sicher will ich das wissen! Aber wie sollen wir das herausfinden? Ich habe keine Lust, noch weiter in Omas Leben herumzuschnüffeln. Sie hat genug durchgemacht. Wir sollten ihr wenigstens jetzt ihre Ruhe lassen.«

Was sollte ich darauf noch sagen? Erstens hatte Mama recht, was Oma betraf, und außerdem hätte ich auch nicht gewusst, wie wir herausbekommen sollten, wer der Mann war, der die Nummer des Auftragsdienstes im Krankenhaus hinterlassen hatte.

Am nächsten Tag hätten wir auch kaum Zeit gehabt, uns darüber Gedanken zu machen. Mama hatte sich für die nächsten Tage freigenommen, da sie die Beerdigung vorbereiten musste. Ich hätte nie gedacht, wie viel Arbeit und Laufereien das bedeutet. Oliver hatte sich gleich angeboten, uns zu helfen. Er gefiel mir immer besser. Als Peter schließlich von der Arbeit zu uns kam, setzten wir uns ins Wohnzimmer, um die Todesanzeigen zu adressieren. Das ist eine seltsame Arbeit. Irgendwann vergisst man, was man da eigentlich macht, so als könnten es auch Weihnachtskarten sein. Ich hatte mir während des Tages schon ein paarmal vorgenommen, Mama zu fragen, ob es damals bei Papa auch so war. Als wir die Adressen auf die Umschläge schrieben, dachte ich wieder daran. Ich konnte sie nicht fragen. Es läutete an der Haustür.

Mama sah auf die Uhr. »Wer kann denn das jetzt noch sein?«

»Geh hin«, grinste Peter. »Dann weißt du es.«

»Sehr witzig.«

Ich kam ihr zuvor. »Lass nur, ich gehe schon.«

Als ich die Tür öffnete und sah, wer davor stand, dachte ich, mich trifft der Schlag. Es war Schwester Inge.

Sie lächelte mich an. Das sah irgendwie komisch aus. Ich hatte sie vorher noch nie lächeln gesehen.

»Störe ich?«, fragte sie verlegen.

»Nein, kommen Sie doch herein.« Was war nur in sie gefahren? Wenn ich daran dachte, wie sie Oliver und mich behandelt hatte, als wir Oma besucht hatten, konnte ich mir kaum vorstellen, dass es dieselbe Frau war. Ich musste sie fast ins Wohnzimmer schieben.

Mama, Peter und Oliver staunten auch nicht schlecht, als sie Omas Pflegerin sahen.

»Schwester Inge!« rief Mama. »Mit Ihnen hatte ich wirklich nicht gerechnet. Setzen Sie sich doch.«

»Sie haben Besuch, Frau Steiner? Entschuldigen Sie bitte. Das wusste ich nicht. Ich will nicht stören. Ich kann auch ein anderes Mal wiederkommen.«

»Aber nein! Sie stören nicht. Möchten Sie einen Kaffee?«

Zögernd ging sie auf einen Sessel zu und setzte sich auf die Kante. »Ja, vielen Dank. Den könnte ich wirklich gut gebrauchen. Aber machen Sie sich bitte keine Umstände.«

Oliver saß nur da und starrte die Frau, die einem Preisboxer hätte Angst machen können, ungläubig an. Ich setzte mich neben ihn.

»Was ist denn mit der los?«, flüsterte er mir zu.

»Woher soll ich das wissen?« raunte ich zurück. »Außerdem möchte ich noch viel lieber wissen, was sie will.«

Peter und Schwester Inge grinsten sich freundlich an und wussten nicht, was sie sich erzählen sollten. Sie waren beide erleichtert, als Mama endlich mit dem Kaffee auftauchte. Die Schwester nahm sich umständlich Zucker und Milch für ihren Kaffee. Erst jetzt fiel mir die kleine Holzkassette auf, die sie krampfhaft festhielt.

»Nun, liebe Schwester Inge, was können wir für sie tun? Oder wollten Sie uns einfach nur besuchen?«

»Nein, nein, ich hatte schon einen Grund, Sie so spät noch zu stören. Ich habe lange überlegt, ob ich überhaupt heute noch kommen soll. Aber es ist zu wichtig. Darum wollte ich sie nicht warten lassen. Es geht um diese Kassette hier.«

Sie stellte sie auf den Tisch, als wäre sie endlich von einer schweren Last erlöst.

»Was ist denn in der Kassette?«, fragte Oliver.

Schwester Inge strafte ihn mit einem Blick, der es in sich hatte. Sie sah wieder fast normal aus. »Glaubst du etwa, ich hätte nachgesehen? Sie gehört schließlich nicht mir.«

»'tschuldigung, konnte ich ja nicht wissen.«

»Wem gehört sie denn dann?«, wollte Mama wissen.

»Ihrer Schwiegermutter hat sie gehört.«

»Tatsächlich? Und woher haben Sie die Kassette?«

Schwester Inge rutschte noch ein wenig auf ihrem Sitz vor. Ich hätte mich nicht gewundert, wenn sie mitsamt dem Sessel umgekippt wäre. »Das ist mir ein wenig peinlich, Frau Steiner. Ich hoffe, Sie sind mir nicht böse.«

»Keine Angst, Schwester Inge. So schnell werde ich nicht böse. Sagen Sie nur, was Sie beschäftigt.«

»Vielen Dank. Mir ist die Kassette heute Nachmittag in die Hände gefallen. Wir haben nämlich die Sachen Ihrer Schwiegermutter geordnet, müssen Sie wissen. Ihr privates Eigentum wird dann später dem Erben übergeben. Solange nehmen wir es in Verwahrung.«

»Und?«, fragte Peter schon leicht ungeduldig.

»Nun, wie ich schon sagte, fand ich dabei die Kassette. Ich hatte sie völlig vergessen.« Sie räusperte sich, als müsste sie überlegen, wo sie beginnen sollte. »Wenn ich mich recht erinnere, begann die ganze Sache vor etwas mehr als zwei Wochen. Bis dahin gab es wenig Aufregendes zu berichten, was das Leben der alten Frau Steiner betrifft. Sie hat ja nur sehr selten Besuch bekommen.«

Das galt uns. Mama sah verlegen in ihren Kaffee.

»Ihr Gesundheitszustand war nach dem Schlaganfall recht stabil, aber sie wurde – wie soll ich das beschreiben? Launisch! Ja, launisch ist der richtige Ausdruck. Man wusste nie, woran man mit ihr war. Auch wenn sie vorher noch aufgeräumt und guter Dinge war, konnte das von einer Minute zur anderen umschlagen.«

»So wie bei uns!« rief ich. »Als Oliver und ich sie besucht haben, war es genauso!«

Nun fing ich mir den Blick ein, den sie gerade Oliver verpasst hatte. »Auf den Besuch komme ich gleich noch zu sprechen.«

Ich schluckte.

»Wie äußerte sich denn die schlechte Laune von Frau Steiner?«, fragte Peter. »Alte Menschen sind schließlich öfter einmal schlecht gelaunt.«

»Sicher, doch das war etwas anderes. Sie hat nicht nur genörgelt. Sie wurde geradezu aggressiv. Dabei machte sie den Eindruck, als wäre sie nicht mehr ganz bei sich, wenn ich das einmal so sagen darf. Immer wieder hat sie unzusammenhängend von den gleichen Dingen gesprochen.«

»Wovon?«, wollte Mama wissen.

»Eigentlich waren es nur die gleichen zwei Worte, nämlich Tango und Argentinien, und manchmal hat sie auch von einer Frau gesprochen, die sie ›die Blaue‹ genannt hat. Für mich waren das schon fast Anzeichen für einen Verfolgungswahn.«

»Genau wie bei uns!« rief Oliver.

»Eben. Darum war ich auch so besorgt nach eurem Besuch.«

Besorgt ist gut, dachte ich. Angeschnauzt hatte sie uns, und das nicht zu knapp. Außerdem hatte sie uns bei Mama und Peter verraten.

»Nachdem ihr fort wart, ist es noch schlimmer geworden. Immer wieder hat sie an dem Tag und auch später noch davon gesprochen, dass ihr etwas aus ihrer Wohnung gestohlen haben sollt.«

Mama schreckte hoch. Wir wussten natürlich alle, warum.

»Manchmal hatte sie aber doch noch lichte Augenblicke, wenn ich es so ausdrücken darf. Einmal hat sie sogar einen Brief geschrieben, den ich zur Post bringen sollte.«

»Einen Brief?«, fragte Peter. »An wen denn?«

»Ich glaube, der Brief war für jemanden in Hamburg bestimmt. Aber an den Namen und die Adresse kann ich mich beim besten Willen nicht erinnern. Der Brief hat mich auch gar nicht weiter interessiert, wenn ich ehrlich bin. Mir ging etwas anderes durch den Kopf.«

»Was denn?«, meinte Mama, die mit wachsender Skepsis zugehört hatte.

»Als die Kinder sie besucht hatten, war mit ihr wieder diese

Veränderung vorgegangen. Gerade an dem Tag war sie besonders guter Dinge gewesen. Aber dann plötzlich wieder diese Aggressivität. Als ich ins Zimmer kam und hörte, dass es wieder um Tango ging, war ich ziemlich wütend auf die Kinder. Und Frau Steiner war nach dem Besuch davon überzeugt, dass ihre Enkelin und ihr Freund in ihrer Wohnung herumgestöbert und sogar etwas mitgenommen hatten.«

»Meine Tochter hat es mir erzählt«, sagte Mama. »Wir konnten uns auch nicht erklären, wie sie so etwas annehmen konnte!«

»Eben. Ich sagte Ihnen ja, dass Ihre Schwiegermutter nicht mehr wiederzuerkennen war. Wie dem auch sei, gleich am nächsten Tag sollte ich in ihre Wohnung gehen und diese Kassette für sie holen.«

»Mensch, die Nachbarin!« rief Oliver dazwischen.

»Welche Nachbarin?«, fragte Peter.

»Die Nachbarin von Ana-Lauras Oma. Die haben wir doch getroffen! Und sie hat erzählt, dass ihr eine Frau aufgefallen wäre. Eine Frau mit einem Gesicht wie eine …«

»Oliver!« rief Peter gerade noch rechtzeitig, bevor Oliver die Bulldogge herausgerutscht wäre.

Schwester Inge sah Oliver mit hochgezogenen Augenbrauen an. »Mit einem Gesicht wie eine was?«

»Wie eine – äh, wie eine Frau, die sie schon einmal gesehen hatte.«

Das war noch einmal gutgegangen.

»Ich wüsste nicht, dass ich eine Nachbarin Frau Steiners kenne. Aber es stimmt. Als ich die Wohnung verließ, ist mir eine ältere Frau begegnet. Gesagt hat sie allerdings nichts.«

»Und ist das die Kassette, die sie aus der Wohnung meiner Schwiegermutter geholt haben?«, wollte Mama wissen.

»Ja, das ist sie.« Sie kramte in ihrer Manteltasche. »Und das ist der Schlüssel dazu. Den hatte sie gleich daneben gelegt. Ich hatte die Kassette völlig vergessen. Erst als ich heute Frau Steiners Privatsachen ordnete, ist sie mir wieder in die Hände gefallen. Und da habe ich ein schlechtes Gewissen bekommen, dass ich Ihnen nicht früher davon erzählt habe. Vielleicht ist ja etwas darin, über das Sie mit Ihrer Schwiegermutter gern noch zu ihren Lebzeiten gesprochen hätten.«

»Ich glaube nicht, dass Sie ein schlechtes Gewissen haben müssen«, beruhigte Mama sie. »Erstens weiß ich, wie viel Sie zu tun haben, da kann man schon einmal etwas vergessen. Und außerdem hat meine Schwiegermutter nach ihrem Schlaganfall das Bewusstsein nicht mehr wiedererlangt. Wir hätten also gar nicht mehr mit ihr sprechen können.«

Schwester Inge stand auf. »Das ist sehr nett von Ihnen. Ich hatte mir schon Vorwürfe gemacht. Nun will ich Sie auch nicht länger stören.«

Sie war schon fast an der Tür, als Peter sie noch einmal zurückrief. »Sie sagten, dass Sie diese Veränderung bei Frau Steiner etwa seit zwei Wochen beobachtet haben?«

»Das ist richtig. Etwas mehr als zwei Wochen, um genau zu sein.«

»Gab es denn einen bestimmten Anlass für die Veränderung?«

»Darüber habe ich auch schon nachgedacht. Es ist aber nichts Außergewöhnliches geschehen, jedenfalls nichts, was diese Veränderung erklären könnte.«

»Kein Besuch, nichts?«

»Besuch? Ja, das war wirklich die einzige außergewöhnliche Begebenheit. Etwa um diese Zeit hat sie ein Verwandter besucht.«

»Ein Verwandter?« rief ich. »Welcher Verwandte?«

»Den Namen kenne ich nicht. Er hat sich nur als Verwandter von ihr vorgestellt. Ich habe ihn auch nur ganz kurz gesehen. Er war etwa eine Stunde bei Frau Steiner. Dann ist er wieder gegangen.«

»Ist er später noch einmal bei ihr gewesen?«, fragte Peter.

»Nicht dass ich wüsste.«

»Hat sich Frau Steiner vor oder nach diesem Besuch verändert?«

»Danach. Ja, da bin ich mir ganz sicher. Glauben Sie, dass er etwas damit zu tun hat?«

Plötzlich hatte ich eine Idee. Es war eher ein Geistesblitz. Ohne mich um Schwester Inge und die anderen zu kümmern, raste ich auf mein Zimmer und holte Papas Foto. Ich rannte zurück und hielt es Schwester Inge unter die Nase. Sie warf nur einen Blick darauf. »Das ist er! Bestimmt ist er das! Dann war er also wirklich ein Verwandter von Frau Steiner?«

Mama brachte Schwester Inge zur Tür. Wir sagten ihr nicht, wer der Mann auf dem Foto war. Das hätte auch keinen Sinn gehabt, denn schließlich war es ja nicht Papa, der Oma besucht hatte, sondern Carlos Angel. Soviel wussten wir zum Glück schon, denn sonst wäre ich wahrscheinlich verrückt geworden.

Als Mama wieder ins Wohnzimmer kam, war sie blass. Sie ging an den Schrank und goss sich einen Weinbrand ein. Das tat sie nur, wenn es ihr wirklich mies ging.

Sie trank ihn in einem Zug leer und setzte sich wieder zu uns. »Die ganze Sache wird mir wirklich unheimlich.«

»Mir auch«, pflichtete ihr ausgerechnet Oliver bei, den bisher nur wenig erschüttern konnte.

»Es gibt nur eine Erklärung dafür«, meinte Peter.

»Und welche?«, fragte Mama.

»Dein Mann hatte doch einen Zwillingsbruder. Und der muss davon gewusst haben. Warum hat er sonst deine Schwiegermutter besucht?«

»Aber wenn er es tatsächlich gewusst hat, warum hat er nie Kontakt mit uns aufgenommen, und vor allen Dingen, warum hat uns Gerda nie davon erzählt?«

»Außerdem hat er sich nur als Verwandter vorgestellt und nicht als Sohn.«

»Das hat er aber im Krankenhaus gemacht.«

»Wir vermuten nur, dass es Carlos Angel war, der sich im Krankenhaus gemeldet hat. Wir wissen es nicht mit Bestimmtheit.«

»Die Kassette!« rief Oliver.

In der ganzen Aufregung um den Besuch von Carlos Angel bei Oma hatten wir die Kassette fast vergessen.

»Du hast recht, Oliver«, sagte Mama und nahm die Kassette und den Schlüssel vom Tisch. Oliver strahlte über das ganze Gesicht.

Mama schloss die Kassette auf und sah hinein.

»Was ist darin?« rief ich. Ich konnte es kaum noch aushalten.

»Es sind Briefe darin, alte Briefe an Oma.«

»Und von wem?« Mama nahm einen der Briefe aus dem

Umschlag. »Von Hans. Es sind die Briefe, die Oma von Hans bekommen hat.«

Bevor wir sie lasen, sortierten wir sie nach dem Datum. Der älteste war vom 16. Mai 1943, der jüngste vom 19. November 1944. »Wann ist denn dein Mann eigentlich geboren?«, wollte Peter wissen.

»Im Januar 1945«, sagte Mama. »Es sind also die Briefe aus der Zeit, um die es geht.« Wir lasen die Briefe. Es war fast ein Ritual. Als erste las Mama einen Brief. Den gab sie dann an Peter weiter, der an mich und ich schließlich an Oliver.

Beim Lesen der Briefe hätte ich zuerst lachen und dann heulen können. Lachen, weil die Sprache, in der die Briefe geschrieben waren, irgendwie übertrieben und schwülstig klang. Doch je jünger die Briefe wurden, desto mehr überkam mich Trauer und vor allem Wut! Wie konnte dieser Hans, der wahrscheinlich auch noch mein leiblicher Großvater war, nur so hundsgemein gewesen sein?

Kiel, 16. Mai 1943

Liebste Gerda!

Mein Herz tat einen Sprung, als ich heute Deinen Brief in der Post fand. Ja, ich liebe Dich auch!
Ich kann mir vorstellen, dass ich hilflos ausgesehen habe, als ich Dir meine Liebe gestand. Heute kann ich auch darüber lachen. Aber als ich vor Dir stand und Dir sagte, was ich für Dich empfinde, war mir nicht zum Lachen zumute. Ich weiß nicht, wie oft ich mir die Worte zurechtgelegt habe, mit denen ich es Dir sagen wollte. Doch dann, als es endlich so weit war, habe ich nur noch herum-

gestottert. Aber Du hast mich verstanden. Und das ist das Wichtigste.
Ich freue mich auf Dich!

Dein Hans

Berlin, 25. Januar 1944

Liebe Gerda!

Ich vermisse Dich auch. Du weißt, wie gern ich den Jahreswechsel mit Dir verbracht hätte. Doch Du müsstest auch wissen, dass wir in schwierigen Zeiten leben. Der Führer leistet Übermenschliches. Und das verlangt er zu Recht auch von jedem von uns. Auch von Dir, liebe Gerda! Was ist schon unser kleines privates Glück im Vergleich zu den großen Aufgaben, die die Geschichte uns abverlangt?
Um es deutlich zu sagen, meine Liebe. Mein Platz ist hier in Berlin. Ich würde mich so sehr freuen, Dich hier zu haben. Mein Glück wäre perfekt. Doch ein Zurück nach Kiel gibt es für mich nicht.
Ich denke, auch Dein Vater, der jetzt in Russland tapfer für unser Vaterland kämpft, hätte dafür Verständnis. Es ehrt Dich, dass Du sein Geschäft erhalten willst. Doch es wäre nicht nötig. Nach unserem Sieg wird sich keiner der tapferen Soldaten Sorgen um sein materielles Wohlergehen machen müssen.
Heil Hitler!

Dein Hans

Berlin, 20. Februar 1944

Liebe Gerda!

Es tut mir leid, dass ich Dir erst heute schreiben kann, doch ich war sehr beschäftigt. Der Reichsführer der SS hat Großes mit mir vor, wie er mir sagte. Ich bin nun in seinen engeren Stab berufen worden. Ich könnte sogar einer seiner engsten Mitarbeiter werden.

Doch nun zu Deinem Vater. Sei nicht traurig, liebe Gerda. Denke daran, wofür er sein Leben gelassen hat. Für unser Vaterland! Und dafür kann kein Preis zu hoch sein. Ich bin, um ehrlich zu sein, etwas enttäuscht von Dir. Ich glaube nicht, dass es einen Grund gibt, der Dich zu Zweifeln an den Taten des Führers berechtigte. Doch ich will Dir zugute halten, dass Du verwirrt und traurig warst. Wenn es Dir hilft, werde ich meinen Einfluss geltend machen, um Deinen Vater für seine Tapferkeit ehren zu lassen.

Deine Entscheidung, das Geschäft aufzugeben, begrüße ich sehr. Doch weiß ich nicht, was es hinsichtlich Deiner Zukunft zu überlegen gäbe. Dein Platz ist hier bei mir in Berlin! Eine Unterkunft werde ich finden. Und ich denke, wenn sich meine Pläne realisieren lassen, musst Du nicht mehr arbeiten. Doch dazu muss ich hier in Berlin bleiben.

Wenn Du mich sehen willst, musst Du zu mir kommen.

Heil Hitler!

Hans

Berlin, 1. September 1944

Liebe Gerda!

Ein Kind! Wie sehr habe ich mich gefreut, als ich Deinen Brief erhielt. Doch gleichzeitig war ich auch betroffen. Aus welchem Grund zweifelst Du immer noch? Du kommst nach Berlin, und wir heiraten. Was unser Vaterland braucht, ist frisches Blut. Und wir werden eine Familie, auf die unser Führer stolz sein kann!
Bitte teile mir mit, wann Du nach Berlin kommst.

Hans

Berlin, 19. November 1944

Gerda!

Heute kann ich nicht anders, als Dich zu warnen. Nimm Dich in acht! Würdest Du nicht mein Kind austragen, müsste ich ernsthafte Konsequenzen in Betracht ziehen. Ich gebe Dir nun eine letzte Chance. Überlasse mir das Kind und halte Dich mit Deinen Reden zurück, sonst kann ich für nichts garantieren.
Solltest Du jedoch glauben, dass Du mir das Kind vorenthalten kannst, sorge ich dafür, dass Du uns nicht länger schaden kannst.
Es ist von Vorteil, dass Du dich für den Lebensborn entschieden hast. Ich habe den leitenden Arzt des Heimes angewiesen, das Kind unmittelbar nach seiner Geburt nach Berlin bringen zu lassen. Ich werde dann entscheiden, was weiter geschehen wird. Doch wohin ich auch immer gehen werde, das Kind nehme ich mit mir.
Dein Wohlergehen und das des Kindes liegt nun in Deiner Hand.
Heil Hitler!

Hans Flügler

»Nun wissen wir es also«, meinte Peter, als schließlich jeder von uns alle Briefe gelesen hatte.

»Was wissen wir?« rief Mama wütend. Bestimmt war es die gleiche Wut, die ich im Bauch hatte. »Wir wissen nur, dass meine Schwiegermutter ihn nicht geheiratet hat! Und dass dieses Schwein ihr das Kind wegnehmen wollte!«

»Das ist ihm ja wohl nicht gelungen«, meinte Oliver. »Schließlich hat sie Ana-Lauras Vater großgezogen.«

»Es sei denn ...«

»Es sei denn? Was meinst du, Peter? Warum sprichst du nicht weiter?«

»Es sei denn, sie hat Zwillinge bekommen, von denen einer beim Vater und einer bei der Mutter blieb.«

»Das hätte sie nie zugelassen!« rief Mama. »Niemals! Stell dir das doch nur einmal vor! Welche Mutter würde damit einverstanden sein, dass Zwillinge auseinandergerissen werden? Du kanntest meine Schwiegermutter nicht. Eher hätte sie sich vierteilen lassen.«

»Und wenn sie keine andere Wahl gehabt hat?«

»Trotzdem verstehe ich das nicht«, sagte Oliver. »Ich denke, Hans ist im Krieg umgekommen. Und außerdem hieß der doch Flügler und nicht Angel!«

Mama schüttelte den Kopf. »An die Geschichte, dass er im Krieg umgekommen ist, glaube ich schon lange nicht mehr. Und einen Namen kann man ändern. Das ist überhaupt kein Problem. Jedenfalls nicht für solche Typen.«

Wir grübelten an diesem Abend noch lange darüber nach, wer dieser Carlos Angel in Wirklichkeit war, ob Papa tatsächlich in dem Lebensbornheim zur Welt gekommen war und ob

Hans Flügler seine Drohung wahrgemacht hatte. Doch außer dass wir Vermutungen anstellten, kamen wir nicht weiter. Mama hatte recht: Je mehr wir darüber wussten, desto rätselhafter wurde alles.

Zwei Tage später wurde Oma beerdigt. Mama hatte inzwischen nach Argentinien geschrieben. Sie hatte die hilfsbereite Frau in der deutschen Botschaft gebeten, die Adresse von Carlos Angel in Argentinien herauszufinden.

Auf der Beerdigung sah ich Leute, die mir vorher noch nie begegnet waren. Das Wetter war alles andere als typisches Beerdigungswetter: strahlend blauer Himmel und sehr heiß.

Die ganze Zeit hatte ich mir nicht richtig klarmachen können, dass Oma tot war. Ich hatte mich selbst darüber gewundert, dass ich nicht traurig war. Ich fühlte eigentlich gar nichts. Ich hatte immer wieder gedacht: Oma ist tot, da musst du traurig sein. – Und trotzdem war ich es nicht.

Aber wenn ich mir jetzt vorstellte, wie allein sie gewesen war und dass sie über vieles nie mit jemandem hatte reden können, da zog sich etwas in meinem Magen zusammen. Jetzt würde sie nie wieder mit jemandem reden können. Vielleicht hätte sie es gern gewollt. Doch sie war weg, für immer. Ich hätte sie viel öfter besuchen müssen. Doch dazu war es jetzt zu spät. Plötzlich wusste ich, dass sie tot war, und die Tränen liefen mir die Backen herunter.

Für die meisten war es keine besonders traurige Beerdigung, eher eine Pflichtübung mit anschließendem Kaffeetrinken. Einige der Verwandten oder Bekannten von Oma machten sich über den Kuchen her, als hätten sie seit drei Tagen nichts mehr gegessen.

»Das war's, Gott sei Dank«, stöhnte Mama und ließ sich auf einen Stuhl fallen, als der letzte Gast endlich gegangen war. »Ich dachte schon, der geht nie mehr. Wollt ihr gleich nach Hause, oder kommt ihr noch mit zu uns?«, fragte sie Oliver und Peter.

»Geht noch nicht!« rief ich ein wenig zu schnell und zu laut. Ich ärgerte mich darüber. Womöglich bildete sich Oliver noch etwas darauf ein. Doch er nickte genauso schnell, wie ich gerufen hatte. Wir waren wieder quitt.

»Ich möchte vorher aber noch kurz zu Gerdas Grab«, meinte Mama.

Als wir in den Weg einbogen, an dem Omas Grab liegt, wollte ich meinen Augen nicht trauen. Vor dem Berg von Kränzen und Blumen stand Carlos Angel! Und er war nicht allein. Eine alte Frau stand bei ihm.

Wir blieben alle vier gleichzeitig stehen. In dem Augenblick sah uns der Mann aus dem Taxi, der uns schon so viel Kopfzerbrechen bereitet hatte. Er sagte etwas zu der alten Frau und zeigte in unsere Richtung. Die Alte kam auf uns zu.

Oliver stieß mir seinen Ellenbogen in die Rippen, dass es schmerzte. »Mensch, die kenne ich doch! Wo habe ich die nur schon mal gesehen?«

»Ich weiß es. Es ist die Frau, die in Hertas früherer Wohnung lebt.«

Er hatte recht. Es war die unfreundliche Alte, die uns keine Auskunft hatten geben wollen.

»Was will die denn hier?«, fragte ich, ohne eine Antwort zu erwarten.

Während wir fast regungslos stehen blieben, kam sie immer

näher auf uns zu. Carlos Angel blieb an Omas Grab stehen. Als sie bis auf ein paar Schritte an uns herangekommen war, lächelte uns die Alte freundlich zu. »Guten Tag. Sie wundern sich wahrscheinlich, mich hier zu sehen.«

»Allerdings«, meinte Mama.

»Das kann ich mir denken. Ich will Ihnen auch gern alles erklären.«

»Was macht denn Carlos Angel bei Ihnen?«, fragte Peter sie.

Sie sah sich zu ihm um. »Carlos Angel? Das ist sein Künstlername. In Wirklichkeit heißt er Karl Flügler.«

## 10. Kapitel

Die Alte machte uns mit Carlos Angel alias Karl Flügler bekannt. Obwohl ich wusste, dass er nicht mein Vater war, und obwohl ich ihn heute sicher nicht mehr mit meinem Vater verwechseln könnte, raste mein Herz wie verrückt, als wir uns die Hand zum ersten Mal gaben.

»Und wer sind Sie?«, fragte Oliver die alte Frau.

Sie lächelte ihn an. »Ich bin Hebamme. Mein Name ist Agathe Klein. Ich habe Karl Flügler auf die Welt geholfen.«

»Mir?« rief Karl Flügler. Er war mindestens so überrascht wie wir.

»Wussten Sie das nicht?«, fragte Peter ihn.

Die alte Hebamme schüttelte den Kopf. »Dazu waren wir noch nicht gekommen. Wir sind uns hier an Gerda Steiners Grab zum ersten Mal begegnet. Doch als er sich mir vorstellte, wusste ich gleich, wer er war.«

Mama sah die Alte nachdenklich an. »Sie sind das also. Warum haben Sie uns nichts davon gesagt, als wir bei Ihnen waren?«

»Weil Sie mich nicht nach Karl Flügler gefragt haben, sondern nach Herta Wegener. Außerdem bin ich immer sehr misstrauisch, wenn Fremde an meine Tür kommen.«

»Das haben wir gemerkt«, meinte Oliver, aber niemand beachtete ihn.

»Das hat Herta Wegener also gemeint, als sie sagte, dass sie Sie nach dem Krieg noch einmal zufällig wiedergetroffen hat.«

»Das war wirklich ein komischer Zufall«, lachte die Alte. »Herta war das kleine Häuschen, das sie von ihren Eltern geerbt hatte, zu eng geworden. Darum hat sie es verkauft und sich mit ihrer Familie ein größeres Haus gebaut. Für mich war das kleine Schmuckstück gerade richtig. Darum habe ich mich dafür interessiert. Erst als ich das Haus besichtigen wollte, habe ich erfahren, dass es Herta Wegeners war. Und als Sie dann zu mir kamen, konnte ich schließlich nicht ahnen, dass Sie Verwandte von Karl Flügler sind.«

»Sind wir das?«

»Das würde mich allerdings auch sehr interessieren«, schaltete sich Karl Flügler ein.

Die Alte lächelte immer noch. Ich war mir sicher, dass sie noch viel mehr wusste. »Das ist eine lange Geschichte. Vielleicht sollten wir das nicht hier besprechen.«

Wir gingen noch einmal in das Café am Friedhofseingang zurück, in dem wir nach Omas Beerdigung gewesen waren. Auf dem Weg dorthin sagte niemand ein Wort. Der Wirt wunderte sich zwar, aber er überließ uns noch einmal den kleinen Saal. Wir setzten uns an einen Tisch, auf dem noch das schmutzige Geschirr von Omas Totenfeier herumstand.

»Bitte beantworten Sie mir nur eine Frage, Herr Flügler«, begann Mama das Gespräch. »Sind Sie ein Sohn von Gerda Steiner?«

»Ich bin Karl Flügler, und ich bin in Argentinien aufgewachsen. Das ist eigentlich alles, was ich mit Sicherheit weiß. Alles andere erscheint mir immer rätselhafter, je länger ich in meiner Vergangenheit nachforsche.«

Obwohl sein Deutsch perfekt war, hörte ich jetzt auch einen leichten Akzent. Aber auch sonst war seine Stimme ganz anders als die von Papa. Oder hatte ich schon vergessen, wie sie geklungen hatte?

»Dafür, dass Sie in Argentinien aufgewachsen sind, sprechen Sie aber sehr gut Deutsch«, meinte Oliver, als hätte er meine Gedanken gelesen.

»Daran ist mein Vater schuld. Er bestand darauf, dass wir zu Hause nur in seiner Muttersprache miteinander redeten.«

»Und er hat Ihnen gegenüber nie meine Schwiegermutter erwähnt?«, wollte Mama wissen.

»Ihre Schwiegermutter? Wer ist das?«

»Gerda Steiner.«

Karl Flügler wäre fast von seinem Stuhl aufgesprungen. »Dann habe ich einen Bruder?«

»Ich denke, Sie wissen nicht, ob Sie ihr Sohn sind?«

»Nicht mit Sicherheit. Aber wenn, hätte ich dann einen Bruder?«

Mama schüttelte den Kopf. »Er ist tot, schon seit zwei Jahren.«

»Das tut mir leid. Entschuldigen Sie.« Der Mann aus Argentinien sank regelrecht in sich zusammen. »Ich scheine immer zu spät zu kommen, was ich auch tue. Warum hat mein Vater mir das nur angetan?«

Das Lächeln war aus dem Gesicht der alten Hebamme verschwunden. »Dass Martin tot ist, habe ich auch nicht gewusst«, sagte sie leise. »Davon hat Gerda in ihrem Brief nichts erwähnt.«

»Wann haben Sie diesen Brief bekommen?«, fragte Peter.

»Vor zwei Wochen ungefähr. Warum?«

»Dann war der Brief von Schwester Inge also an sie«, sagte Peter zu Mama.

Agathe Klein sah die beiden verständnislos an. »Schwester Inge?«

»Das erkläre ich Ihnen später. Könnten Sie uns sagen, was in dem Brief stand?«

»Eigentlich nicht viel Konkretes, aber genug, um mir Gedanken zu machen. Hauptsächlich ging es ihr darum, dass sie glaubte, ich hätte mit ihrem Sohn über ihre Vergangenheit gesprochen, ohne sie um Erlaubnis zu fragen. Das ist mir nicht mehr aus dem Kopf gegangen. Und so habe ich mich dann entschlossen, sie zu besuchen, um mit ihr darüber zu reden. Doch als ich dann vor ein paar Tagen zu dem Pflegeheim kam, dessen Adresse auf dem Absender stand, sagte man mir, dass sie gestorben sei und dass sie heute beigesetzt würde.«

»Haben Sie denn mit ihrem Sohn gesprochen?«, fragte Oliver.

»Nein, das ist es ja gerade, was mir Kopfzerbrechen bereitete.«

Karl Flügler hatte ihr aufmerksam zugehört. »Ich vermute, dass ich der Grund für diesen Brief bin«, sagte er schließlich.

»Sie?« rief Mama. »Was haben Sie damit zu tun?«

»Es ist wohl besser, ich erzähle ihnen meine Geschichte von Anfang an. Dann werden sie es verstehen. Es begann alles vor ungefähr drei Wochen. Ich war gerade aus Argentinien gekommen. Das ist mein erster Besuch in Deutschland, müssen Sie wissen. Ich hatte ein Angebot bekommen, eine mehrwöchige Konzertreise durch Deutschland zu machen. Ich habe dieses Angebot sehr gerne angenommen. Gab es mir doch Gelegenheit, etwas über meine Familie zu erfahren. Also habe ich gleich einen Mann in Berlin aufgesucht, von dem mir mein Vater oft erzählt hat.«

»Von Döstitz«, unterbrach Peter ihn.

»Ja! Woher wissen Sie das?«

»Wir hatten auch das Vergnügen.«

»Ein seltsamer Mensch, nicht wahr?«

»Das können Sie laut sagen.«

»Wie dem auch sei, ich ging also zu diesem Döstitz, und der gab mir einige alte Sachen, die meinem Vater gehört hatten.«

»Und ihr Vater ist Hans Flügler?«, fragte Mama dazwischen.

»Ja, er war es. Er ist vor einigen Jahren gestorben.«

»Aha«, sagte Mama nur. Und das war eigentlich schon mehr, als dieser Mensch verdient hatte.

»Zwischen diesen Dingen, die mir von Döstitz gab, fand ich Briefe, die eine gewisse Gerda meinem Vater geschrieben hatte.«

»Haben Sie die Briefe noch?«, wollte ich wissen.

»Ich habe sie sogar bei mir.«

»Würden Sie sie uns geben?«, fragte Mama ihn.

»Sicher.« Er fasste in die Innentasche seiner Jacke, holte vier vergilbte Briefumschläge heraus und reichte sie Mama.

Als ich ein paar Tage zuvor die Briefe gelesen hatte, die Hans an Oma geschrieben hatte, war ich wütend. Doch jetzt, bei Omas Briefen, lief mir ein Schauer nach dem anderen über den Rücken.

Kiel, 19. Mai 1943

Mein lieber, lieber Hans!

Endlich! Endlich hast Du mir Deine Liebe gestanden. Verzeih mir, aber ich musste mich beherrschen, nicht zu lachen. Du warst so wundervoll hilflos. Und es war so herrlich romantisch!
Gleich nachdem Du mich nach Hause gebracht hast, musste ich mich hinsetzen und Dir diesen Brief schreiben. Auch wenn ich weiß, dass ich Dich schon in einigen Tagen wiedersehe, muss ich es Dir trotzdem schreiben. Ich liebe Dich!

Deine Gerda

Kiel, 15. Januar 1944

Mein geliebter Hans!

Nun bist Du schon fast drei Monate in Berlin! Ich werde mich wohl nie daran gewöhnen. Ich vermisse Dich so sehr. Wenn wir uns doch wenigstens öfter sehen könnten. Noch nicht einmal Weihnachten haben wir zusammen verbracht.
Ich habe mir schon überlegt, ob ich das Geschäft aufgeben und nach Berlin kommen soll. Doch wie könnte ich das meinem Vater antun? Außer mir war dieses Geschäft nach Mutters Tod sein einziger Lebensinhalt. Wenn dieser schreckliche Krieg endlich vorbei ist, werde ich meine eigenen Wege gehen. Dann bleibt ihm nur das Geschäft. Kannst Du es dir nicht vielleicht doch noch einmal überlegen? Ich sehe ja ein, dass Du Deine Pflicht tun willst. Aber hier gibt es doch auch so viel zu tun! Bitte überlege es dir noch einmal. Unserer Liebe wegen.

Deine Gerda

Hamburg, 23. August 1944

Lieber Hans!

Warum schreibst du mir nicht? Hast Du meinen letzten Brief nicht bekommen? Nun sind schon fast zwei Monate vergangen seit Deinem Besuch. Du hast dich sehr verändert, Hans. Trotzdem mag ich Dich immer noch sehr gern. Und ich denke, das habe ich Dir auch gezeigt, auch wenn wir nicht immer einer Meinung waren, was die Politik betrifft. Ich bin davon überzeugt, dass Du wieder der Alte wirst, wenn dies alles erst einmal vorüber ist.
Ich wollte uns Zeit lassen, doch nun ist alles anders. Lieber Hans, ich erwarte ein Kind von Dir. Als ich es erfuhr, war ich doch sehr verzweifelt. Aber nun bin ich ruhiger. Nur weiß ich nicht, was wir nun tun sollen! Bitte schreibe mir bald!

Deine Gerda

Hamburg, 13. Oktober 1944

Lieber Hans!

Ich habe mich entschieden. Es ist mir wirklich nicht leichtgefallen, das weißt Du. Auch wenn es Dir vielleicht weh tut, muss ich Dir heute sagen, dass ich Dich nicht heiraten kann. Unsere Auffassungen sind zu verschieden. Es würde nicht gut gehen.
Dabei geht es nicht nur um Politik. Es geht um viel mehr, um unsere Lebenseinstellungen. Die Leute, mit denen Du zusammen bist, ja mit denen Du gemeinsame Sache machst, werden mir immer unheimlicher. Wenn auch nur die Hälfte von dem stimmt, was ich über sie gehört habe, sind es schlimmere Verbrecher, als ich mir jemals hätte vorstellen können.

Um das Kind musst Du Dir keine Sorgen machen. Ich werde Herta Wegeners Rat befolgen und es in einem Lebensbornheim zur Welt bringen und allein großziehen. Es wird ihm an nichts fehlen. Dafür werde ich sorgen. Ob ich ihm jemals werde sagen können, wer sein Vater war, weiß ich heute noch nicht. Die ganze Wahrheit werde ich wohl erst erfahren, wenn dieser schreckliche Krieg vorbei ist.
Trotzdem wünsche ich Dir alles Gute und dass Du Dich für das, was Du getan hast, vor Gott und der Welt nicht schämen musst.

Gerda

Hamburg, 28. Dezember 1944

Hans!

Was habe ich Dir getan? Dass Du mir mein Kind nehmen willst, kannst Du nicht ernst meinen! Niemand, selbst wenn er sich mit diesen Verbrechern eingelassen hat, kann so unmenschlich sein!
Ich kann nur beten, dass Dein letzter Brief aus Enttäuschung darüber zustande gekommen ist, dass ich Dich nicht heiraten kann. Ja, Hans, ich kann nicht! Nach Deinem letzten Brief wäre ich lieber tot als Deine Frau. Und lass Dir eines gesagt sein. Wenn Du versuchen solltest, mich von meinem Kind zu trennen, werde ich darum kämpfen!

Gerda
P. S. Ich hoffe, dass Dich dieser Brief noch erreicht. Ich gebe ihn einem Freund mit, der nach Berlin fahren muss.

Als wir die Briefe lasen, hatte niemand ein Wort gesagt.

»Sie können sich wahrscheinlich vorstellen, wie schockiert ich war, als ich las, dass mein Vater bei der SS war und dass er dieser Gerda ihr Kind wegnehmen wollte. Mir hatte er immer erzählt, dass er vor den Nazis geflohen war, und nun das. Aber etwas anderes beunruhigte mich noch viel mehr. Wenn mein Vater seine Drohung tatsächlich wahrgemacht hatte, dann konnte das nur bedeuten …«

» … dass Sie dieses Kind waren«, ergänzte Mama.

Karl Flügler nickte. »Und dass möglicherweise auch die Geschichte, die mein Vater mir über meine Mutter erzählt hatte, nicht stimmte.«

»Was hat er Ihnen denn erzählt?«

»Dass sie im Krieg umgekommen wäre.«

»Das hat er Ihnen tatsächlich erzählt?« rief ich. Ich konnte es nicht glauben.

Karl Flügler ging auf meine Frage nicht ein. »Ich versuchte also, Gerdas Adresse herauszubekommen. In einem Brief hatte sie eine Freundin erwähnt, Herta Wegener. Ich fand ihre Telefonnummer heraus und rief sie an. Sie erzählte mir, dass Gerda in Kiel gelebt habe. Sie hätten sich aber schon lange aus den Augen verloren. Sie wisse nur noch, dass sie einen Herrn Steiner geheiratet habe. Und so fand ich schließlich die derzeitige Adresse von Gerda heraus.«

»Und dann sind Sie zu ihrer Wohnung gegangen?«, fragte Oliver.

»Ja, mehrere Male sogar, doch ich habe sie nie angetroffen. Schließlich habe ich mich bei einigen Nachbarn nach ihr erkundigt und herausgefunden, dass sie in einem Pflegeheim lebt.«

Ich dachte an das, was uns Omas Nachbarin über die ungebetenen Besucher erzählt hatte. Bei Schwester Inge hatte sie recht gehabt, und nun wieder. So tüttelig, wie wir immer angenommen hatten, konnte sie also nicht sein.

»Und dann sind Sie dorthin gegangen?«, fragte ich, obwohl ich die Antwort längst kannte.

Hans Flüglers Sohn atmete tief ein. »Ja, das bin ich. Und dort ist etwas geschehen, das ich wohl mein Leben lang nicht mehr vergessen werde.«

Er sprach nicht weiter, sondern starrte auf einen verkrümelten Teller, der vor ihm auf dem Tisch stand.

»Ich kann mir denken, was passiert ist«, sagte Agathe Klein plötzlich zu unser aller Überraschung.

»Sie?« rief ich. »Woher wollen Sie das wissen? Sind Sie etwa dabei gewesen?«

»Nein, aber ich weiß es trotzdem, oder glaube es zu wissen.« Agathe sah Karl Flügler an. »Sie hat Sie für ihren Sohn gehalten, stimmt's?«

Karl schreckte so heftig hoch, dass ich auch zusammenzuckte. »Genau das ist passiert! Können Sie sich vorstellen, wie mir zumute war? Ich weiß nicht, wie oft ich mir die Fragen zurechtgelegt hatte, die ich ihr stellen wollte. Ich weiß nicht, was ich mir alles überlegt hatte, um ihr schonend beizubringen, dass ich möglicherweise ihr Sohn sein könnte. Und dann komme ich in dieses Zimmer, und sie begrüßt mich mit den Worten: ›Da bist du ja endlich, mein Junge. Warum hast du mich so lange nicht besucht?‹ Ich dachte, mein Herz bleibt stehen. Das können Sie mir glauben!«

Plötzlich lächelte Agathe wieder. »Die Antwort ist sehr einfach, Herr Flügler. Sie haben, oder nein, Entschuldigung, Sie hatten einen Zwillingsbruder.«

Nun war es also heraus. Das, was Peter schon lange vermutet hatte, und was auch wir anderen immer mehr als das Wahrscheinlichste annehmen mussten, stimmte also: Der Mann, der mir so viele schlaflose Nächte bereitet hatte und der jetzt vor mir saß und Agathe mit fassungslosem Gesicht ansah, war Papas Zwillingsbruder.

»Aber, das, das kann nicht sein«, stotterte er. »Davon hat mir mein Vater nie etwas erzählt!«

»Das konnte er auch nicht. Er hat nichts davon gewusst.«

Agathe Klein sah in die Runde. »Ich glaube«, sagte sie nachdenklich, »es ist nun an der Zeit, Ihnen ein Geheimnis zu verraten, für dessen Bewahrung Gerda Steiner fast mit dem Leben bezahlt hätte. Und für dessen Preisgabe sie mich wahrscheinlich noch aus dem Grab heraus verfluchen wird.«

»Allmählich bekommt alles einen Sinn«, sagte Mama leise. Doch niemand hörte auf sie. Wir warteten nur darauf, dass Agathe endlich zu reden begann.

»Ich war damals Hebamme in einem Lebensbornheim. Wie Sie vielleicht wissen, war der Lebensborn von den Nazis unter anderem gegründet worden, um ledigen Müttern, natürlich mit entsprechender Abstammung, zu helfen.«

»Aber Sie gehörten doch nicht zu denen!« unterbrach ich sie, denn das konnte ich mir wirklich nicht vorstellen.

Wieder lächelte sie. »Nein, ich war eine der Schwestern, die anderen Organisationen angehörten, genauer gesagt, der Kirche. Mich interessierten nur die Kinder und die Mütter. Wir unterschieden uns auch schon rein äußerlich von den NS-

Schwestern. Wir hatten blaue Uniformen, im Gegensatz zu den braunen des nationalsozialistischen Pflegepersonals.«

»Die Blaue!« rief ich. »Das hat Oma also gemeint. Sie hat immer wieder von der Blauen gesprochen. Damit waren Sie also gemeint.«

»War es denn nicht ungewöhnlich, dass jemand, der kirchlich gebunden war, ausgerechnet in einer Einrichtung der SS gearbeitet hat?«, fragte Peter.

»Wie ich schon sagte, war es uns wichtig, den Kindern und Müttern zu helfen. Den Leuten von der Partei hat es zwar nie gepasst, dass es uns in den Lebensbornheimen gab, aber sie hatten keine andere Wahl. Viele Hebammen wollten nicht dort arbeiten, auch wenn sie möglicherweise sonst mit den Nazis sympathisierten. Dort wurde ja ganz bewusst eine Möglichkeit geschaffen, Kinder unehelich zur Welt zu bringen. Und das konnten viele dieser Schwestern nicht mit ihrer Moral vereinbaren.« Agathe lachte laut auf. »Dass diese Leute den Begriff Moral überhaupt in den Mund genommen haben, ist aus heutiger Sicht fast widersinnig. Doch das war ihr Weltbild.«

»Und Gerda ist auch bei Ihnen gewesen?«, fragte Mama.

Agathe nickte. »An den Tag, als sie bei uns ankam, erinnere ich mich noch wie heute. Sie war so verzweifelt, wie ich selten einen Menschen erlebt hatte. Erst glaubte ich, dass es die Art von Verzweiflung war, die wir jeden Tag erlebten. Denn Sie müssen bedenken, dass ein uneheliches Kind zur Welt zu bringen zu der damaligen Zeit ein großes Problem für die Mütter war, das manchmal zum totalen gesellschaftlichen Ausschluss führte.«

»Doch bei ihr war es anders?«, fragte ich.

»Es war nicht nur anders. Es war genau umgekehrt. Sie war verzweifelt, weil der Vater des Kindes sie unbedingt heiraten wollte.«

»Hans Flügler?«, fragte Karl. Ich sah ihn an und erschrak. Sein Gesicht war kreidebleich.

»An den Namen erinnere ich mich nicht mehr. Ich weiß nur noch, dass er ein recht hohes Tier bei der SS gewesen sein muss. Und das war auch Gerdas Problem. Darum wollte sie ihn nicht heiraten. Er drohte sogar, ihr das Kind fortzunehmen, da er sie für politisch untragbar hielt. Was das heißt, wissen wir heute ja leider zu genau. Ich hatte schon lange genug mit diesen Leuten zu tun, um zu wissen, dass Gerda gegen ihn keine Chance hatte«, erzählte Agathe weiter. »Ich versuchte sie deshalb zu trösten, ihr den Widerstand auszureden, um ihr eigenes Leben zu schützen. Doch sie wollte ihr Kind nicht aufgeben. Ich habe mir damals große Sorgen um sie gemacht.«

»Und was ist dann schließlich geschehen?«, fragte Mama, die es wie uns alle kaum noch auf ihrem Sitz hielt.

»Ja, dann kam der Tag der Geburt. Und der veränderte alles. Sie bekam Zwillinge, zwei gesunde Jungen. Und da ist mir eine Idee gekommen. Ich schlug Gerda vor, dem Vater eines der Kinder zu überlassen. Das andere sollte sie vor ihm verheimlichen.«

Sie machte eine Pause und sah uns an. Sie ahnte, was wir gerade dachten.

»Es ist heute schwer verständlich, dass ich ihr einen solchen Vorschlag machte. Doch es war unter den Umständen das Beste für sie. Alles andere hätte bedeutet, dass sie beide Kinder verloren hätte – oder ihr Leben.«

»Es ist wirklich schwer zu verstehen«, sagte Karl leise.

»Glauben Sie mir. Es ist mir nicht leichtgefallen, ihr diesen Vorschlag zu machen, und vor allem ist es ihr nicht leichtgefallen zuzustimmen. Sie ist durch die Hölle gegangen, das können Sie mir glauben. Und nicht nur damals. Ich bin sicher, dass es sie ihr ganzes Leben lang gequält hat. Davon ganz abgesehen, brachte sie sich in Lebensgefahr. Wenn das die falschen Leute herausgefunden hätten, wäre ihr Leben keinen Pfifferling mehr wert gewesen.«

»Aber sie waren doch nicht die Einzige, die bei der Geburt dabei war!«, warf Peter ein. »Haben die anderen denn da mitgespielt?«

»Gerda hatte Glück im Unglück. Die Kinder kamen nachts zur Welt. Außer mir war nur noch ein Arzt dabei. Er wusste zwar von der Anweisung aus Berlin, aber er war auch kein überzeugter Nationalsozialist. Außerdem war schon damals für jeden realistischen Menschen abzusehen, dass das sogenannte Tausendjährige Reich nur noch ein paar Monate überleben würde. Ich brauchte nicht viel Überredungskunst, ihn dazu zu bringen, die Geburtspapiere zu fälschen. In dem Chaos, das damals, so kurz vor dem Ende des Krieges herrschte, waren falsche Papiere eines Kindes das Letzte, worum sich jemand kümmerte.«

Karl schluckte. »Also kam ich zu meinem Vater ...«

» ... und Ihr Bruder zu Gerda.«

»Wie hieß er eigentlich?«

Mama legte ihre Hand auf seine. »Martin. Und er wäre sicher froh gewesen, wenn er Sie hätte kennenlernen können.«

»Das wäre ich auch. Trotz allem bin ich froh, dass ich meine

Mutter noch einmal sehen konnte, obwohl ich ihr gerne gesagt hätte, dass es mir bei meinem Vater nicht schlecht gegangen ist. Wir haben ein ganz normales Leben geführt, bis er, sehr unerwartet für alle, die ihn kannten, an einem Herzinfarkt gestorben ist. Wenn ihm mehr Zeit geblieben wäre, hätte er vielleicht mit mir über das alles noch geredet. Nur dass ich einen Bruder habe, wusste er ja selber nicht. Sie sagten, dass er tot ist?«

Mama nickte.

»Wie ist er denn gestorben?«

»Er hatte einen Unfall – in Argentinien.«

Das war fast zu viel für Papas armen Bruder. »In Argentinien? Aber wieso? Ich meine, wie kam er dorthin?«

»Er hat dort von Zeit zu Zeit gearbeitet. Er war Ingenieur.«

»Jetzt verstehe ich.«

»Was verstehen Sie?«

»Als mich Gerda, ich meine – meine Mutter, mich so vertraut ansprach, habe ich, als ich mich von meinem ersten Schrecken erholt hatte, versucht, ihr zu erklären, dass ich Tango-Musiker bin und aus Argentinien komme. Sie hat auf Argentinien für mich völlig unverständlich reagiert. Sie hat mich immer wieder gefragt, ob ich gefunden hätte, was ich suchte.«

Oliver stieß mich an. »Ana-Laura! Erzähl ihm von dem Brief! Erzähl ihm doch von dem Brief und von dem Mann in seiner Firma!« Ich sah Mama an, doch die sah gerade Hilfe suchend zu Peter. Ich durfte gar nicht daran denken, dass das, was ich gerade dachte, wahr sein könnte.

Mama kam mir zu Hilfe. »Es gibt da einen Brief, den Martin

kurz vor seiner letzten Reise nach Argentinien seiner Mutter geschrieben hat. Darin schreibt er, dass er in Argentinien etwas oder jemanden suchen will, der mit seiner Vergangenheit zu tun hat. Außerdem müssen er und Gerda sich vorher darüber gestritten haben.«

»Wen könnte er denn gemeint haben?«, fragte Karl Flügler fast verzweifelt. »Meinen Vater vielleicht?«

Mama sah mich an. »Das ist noch nicht alles, Herr Flügler.«

»Was denn noch?«

»Vor einigen Tagen haben wir in der alten Firma meines Mannes einen ehemaligen Kollegen von ihm gesprochen. Er hat uns erzählt, dass Martin in diesem Hotel übernachtet hat, weil er jemanden gesucht hat.«

Karl umfasste Mamas Unterarm. Er drückte so fest zu, dass es ihr wehtun musste. Ich glaube, er merkte es gar nicht. »Bitte, wann genau hatte er diesen Unfall?«

»In der Nacht vom 25. auf den 26. Mai vor zwei Jahren. Warum fragen Sie danach?«

Papas Bruder ließ ihren Arm los. Er sagte nichts, sondern vergrub sein Gesicht in seine Hände. Dahinter hörten wir ihn leise etwas auf spanisch murmeln. Noch nie in meinem Leben bin ich mir hilfloser vorgekommen. Doch den anderen ging es nicht anders. Wir alle saßen nur regungslos da und sahen ihn an.

Als er endlich die Hände herunternahm, hatte er sich wieder gefasst. »Entschuldigen Sie bitte. Aber das war heute alles zu viel für mich.«

»Warum hat Sie dieses Datum denn so erschüttert?«, fragte Peter noch einmal.

»Ich kann mich an diesen Tag genau erinnern. Es war ein Feiertag. Ich hatte Bekannte besucht und kam erst am Abend wieder nach Hause. Dort fand ich eine seltsame Nachricht vor: ein kurzer handgeschriebener Brief ohne Unterschrift. Jemand wollte mich am nächsten Nachmittag, es war ein Sonntag, treffen. Es ginge dabei um eine wichtige persönliche Angelegenheit. Ich weiß auch nicht, warum, aber ich ging hin. Doch es kam niemand. Ich ärgerte mich zwar, doch dann habe ich die ganze Sache wieder vergessen – bis heute.«

Für mich verging eine Ewigkeit, bis Mama endlich leise fragte: »Ob er es wusste?«

Peter nahm sie in den Arm. »Wir werden es nicht mehr erfahren. Und das ist vielleicht auch besser so.«

Es war alles gesagt. Ich fühlte mich erleichtert, trotz allem. Fast gleichzeitig mit Omas Beerdigung hatte ich gewissermaßen einen Onkel geschenkt bekommen. Es würde sicher lange dauern, bis wir diesen Tag verarbeitet hatten. Und wahrscheinlich hätten wir noch schweigend bis zum späten Abend in dem unaufgeräumten Saal des Friedhofscafés gesessen. Doch irgendwann steckte der Wirt seinen Kopf zur Tür herein. »Können wir bald aufräumen?«, fragte er vorsichtig. »Meine Leute wollen Feierabend machen.«

»Kann ich Martins Grab sehen?«, fragte Karl Mama, als wir aufstanden.

»Selbstverständlich. Und anschließend gehen wir zu uns. Wir haben uns noch so viel zu erzählen. Was halten Sie davon?«

»Gerne!« Das erste Mal sah ich meinen neuen Onkel wirklich entspannt lächeln.

Auch Agathe begleitete uns zu Papas Grab. Wir blieben eine

Weile davor stehen. Es war ein seltsames Gefühl, an ihn zu denken und gleichzeitig Karl zu sehen. Aber was ich nie für möglich gehalten hätte: Es tat nicht weh.

Mama nahm mich in den Arm. »Alles in Ordnung, Ana-Laura?«

»Alles okay.«

»Gut, dann lass uns gehen.«

Wir waren schon ein Stück den Weg entlanggegangen, als ich merkte, dass Karl nicht bei uns war. Ich drehte mich um. Er stand noch an Papas Grab.

»Wollte er nicht mit uns kommen?«, fragte ich Mama.

»Er wird sicher gleich kommen. Es ist nicht leicht, von seinem Bruder Abschied zu nehmen, wenn man ihn nie kennengelernt hat. Dabei muss man allein sein.«

Ich zögerte. Sollte ich nicht doch noch einmal zu ihm zurückgehen? Oliver nahm mir die Entscheidung ab. Er nahm meine Hand und zog mich mit.

Erst am Ausgang nahm ich wahr, dass Oliver immer noch meine Hand hielt. Und ich fand, dass es ein schönes Gefühl war, ein sehr schönes Gefühl!

Von Joachim Friedrich u.a.
ebenfalls bei Thienemann erschienen:

*Die geheime Tür*
*Kaltes Wasser*

*PinkMuffin@BerryBlue – Betreff: IrrLäufer*
*PinkMuffin@BerryBlue – Betreff: LiebesWahn*
(gemeinsam mit Hortense Ullrich)

Friedrich, Joachim:
Ana-Lauras Tango (Vorsicht, Hochspannung!)
ISBN 978 3 522 17967 6

Einbandgestaltung: init. büro für gestaltung, Bielefeld, und Rüdiger Trebels
Schrift: Stone Serif
Satz: KCS GmbH, Buchholz/Hamburg
Reproduktion: Medienfabrik, Möglingen
Druck und Bindung: Friedrich Pustet, Regensburg


www.thienemann.de
www.joachim-friedrich.de

Von Joachim Friedrich u.a.
ebenfalls bei Thienemann erschienen:

*Die geheime Tür*
*Kaltes Wasser*

*PinkMuffin@BerryBlue – Betreff: IrrLäufer*
*PinkMuffin@BerryBlue – Betreff: LiebesWahn*
(gemeinsam mit Hortense Ullrich)

Friedrich, Joachim:
Ana-Lauras Tango (Vorsicht, Hochspannung!)
ISBN 978 3 522 17967 6

Einbandgestaltung: init. büro für gestaltung, Bielefeld, und Rüdiger Trebels
Schrift: Stone Serif
Satz: KCS GmbH, Buchholz/Hamburg
Reproduktion: Medienfabrik, Möglingen
Druck und Bindung: Friedrich Pustet, Regensburg


www.thienemann.de
www.joachim-friedrich.de